BUZZ

TRADUÇÃO Bruno Cobalchini Mattos

O Grande Gatsby

F. Scott Fitzgerald

Para Zelda, mais uma vez.

Se é isso que a comove, use então o chapéu dourado;
Se consegue saltar alto, salte bem alto no ar,
Até ela dizer: "Você de chapéu dourado que
tão alto tem saltado,
É você quem eu preciso amar!"

THOMAS PARKE D'INVILLIERS

1

Nos anos mais vulneráveis de minha juventude recebi de meu pai um conselho que dá voltas em minha mente até hoje.

"Sempre que sentir vontade de criticar alguém", ele me disse, "lembre-se de que ninguém neste mundo teve as mesmas vantagens que você teve."

Ele não falou mais nada, mas sempre nos comunicamos com atípica intensidade e grande reserva, e entendi que o que ele disse significava muito mais do que parecia. Em consequência, tendo a guardar para mim todos os meus juízos, um hábito que revelou muitas índoles curiosas para mim e também me fez vítima de muitos chatos inveterados. A mente incomum é rápida em detectar e se apegar a pessoas normais que manifestam essa característica, e nos tempos de faculdade fui injustamente acusado de ser um homem político, apenas por conhecer as secretas aflições de homens bravios, misteriosos. A maioria das confidências eram espontâneas: muitas vezes eu fingi estar sentindo sono, preocupação, ou uma hostil frivolidade ao perceber sinais inconfundíveis de que uma revelação íntima despontava no horizonte; pois as revelações íntimas de jovens rapazes, ou ao menos os termos pelos quais as expõem, costumam ser plagiados ou mesmo desfigurados por supressões evidentes. Eximir-se de julgamentos é questão de esperança infinita. Ainda temo um pouco o que pode me acontecer caso eu me esqueça de que, como meu pai sugeriu de forma esnobe, e aqui repito de forma esnobe, o senso básico de decência é distribuído de maneira desigual na hora do nascimento.

E, tendo assim me gabado de minha tolerância, cumpre admitir que ela tem limite. A conduta de cada um pode se alicerçar em pedra dura ou em terreno pantanoso, mas a partir de certo ponto já não me interessa saber qual é seu alicerce. Quando voltei do Leste no outono passado, percebi que desejava para o mundo um cuidado moral uniforme e definitivo; eu não desejava mais incursões turbulentas com vislumbres privilegiados do coração humano. Apenas Gatsby, o homem que dá nome a este livro, estava a salvo da minha revolta — Gatsby, que simbolizava tudo aquilo pelo que nutro genuíno desprezo. Se a personalidade é uma série ininterrupta de gestos exitosos, então havia algo de deslumbrante em Gatsby, certa sensibilidade aguçada para as promessas da vida, como se ele guardasse algum parentesco com as máquinas intrincadas que registram terremotos a dezesseis mil quilômetros de distância. Essa capacidade de resposta nada tinha a ver com a frouxidão impressionável que buscam dignificar designando-a pelo termo "temperamento criativo" —

tratava-se de um dom extraordinário para a esperança, uma prontidão romântica que nunca encontrei em outra pessoa e provavelmente não voltarei a encontrar. Não — Gatsby ficou bem no final; era o que o perseguia, a sórdida poeira que pairava na esteira de seus sonhos, que desviou por um tempo minha atenção das penúrias malogradas e da efemeridade da alegria dos homens.

Minha família vem de uma cidade do Meio-Oeste e seus integrantes são prósperos e proeminentes há três gerações. Os Carraway são uma espécie de clã, e por tradição nos dizemos descendentes dos duques de Buccleuch, embora o verdadeiro fundador de minha linhagem tenha sido o irmão do meu avô, que veio para cá em 1851, enviou um substituto seu para a Guerra Civil e começou o atacado de ferragem e maquinário que meu pai administra hoje em dia.

Nunca conheci esse tio-avô, mas supostamente sou parecido com ele — sobretudo a julgar pelo retrato carrancudo pendurado no escritório de meu pai. Graduei-me na New Haven em 1915, apenas um quarto de século depois do meu pai, e um pouco mais tarde participei daquela migração teutônica tardia conhecida como Primeira Guerra Mundial. Desfrutei tão intensamente da contraofensiva que voltei para casa inquieto. Em contraste com o fervilhante centro do mundo, o Meio-Oeste agora parecia a margem maltrapilha do universo — por isso decidi ir para o Leste aprender a negociar títulos. Todos que eu conhecia negociavam títulos, então imaginei que aquele mercado tinha espaço para mais um. Todos os meus tios e tias debateram a questão como se estivessem escolhendo a que jardim de infância me enviar, e por fim disseram "Ué — tá booom", com semblante muito sério, relutante. Meu pai aceitou me financiar durante um ano, e após muitos atrasos fui para o Leste, em definitivo, eu pensava, na primavera de 1922.

O mais prático teria sido arranjar um lugar na cidade, mas o clima estava ameno, e eu tinha acabado de deixar uma região de grama alta e árvores agradáveis, de modo que quando um rapaz do escritório sugeriu alugarmos uma casa juntos em uma cidade da região metropolitana, a ideia pareceu ótima. Ele encontrou a casa, um bangalô de paredes finas castigado pelo tempo a oitenta dólares mensais, mas em cima da hora a firma o transferiu para Washington, e acabei indo sozinho para lá. Eu tinha um cão — ao menos o tive por uns dias até ele fugir —, um velho carro Dodge e uma finlandesa que arrumava a minha cama e preparava o café da manhã e murmurava pitacos de sabedoria finlandesa para si mesma diante do fogão elétrico.

Foi solitário por mais ou menos um dia até que, certa manhã, um homem que se mudara para lá depois de mim me parou na estrada.

— Como faço para chegar ao centro de West Egg? — perguntou desalentado.

Expliquei a ele. E enquanto eu caminhava já não estava mais solitário. Eu era um guia, um desbravador, um pioneiro. O homem havia me outorgado por acaso a liberdade de ser morador do bairro.

E assim, com os raios de sol e os grandes chumaços de folhas que cresciam nas árvores — bem como as coisas crescem nos filmes acelerados —, senti a velha sensação de que a vida recomeçava mais uma vez com a chegada do verão.

Se por um lado tinha muito o que ler, também havia muita vitalidade a extrair daquele ambiente jovem e revigorante. Comprei uma dezena de livros sobre crédito, sistema bancário e garantias de investimento, cujas lombadas vermelhas com detalhes em dourado fulguravam em minha estante como dinheiro recém-saído da prensa, prometendo desvelar os segredos brilhantes que apenas Midas e Morgan e Mecenas conheciam. E eu tinha a forte intenção de ler muitos outros livros. Eu tendi bastante à literatura na faculdade — em dado ano cheguei a escrever uma série de editoriais um tanto solenes e óbvios para o *Yale News* — e agora traria todas essas coisas de volta para minha vida e seria o mais limitado de todos os especialistas, o "homem de cultura geral". Não se trata de mero epigrama — pode-se observar a vida com mais êxito através de uma única janela, afinal de contas.

Por obra do acaso aluguei uma casa em um dos bairros mais esquisitos da América do Norte. Ficava naquela ilha estreita e tumultuada que se estende pela porção oriental de Nova York e abriga, entre outras curiosidades naturais, duas formações de relevo muito atípicas. A trinta quilômetros da cidade um imenso par de ovos de contorno idêntico, separados apenas por uma baía (para sermos corteses), se ergue das águas mais dóceis e salgadas de todo o hemisfério ocidental, o grande curral inundado do estreito de Long Island. Não são formas perfeitamente ovais — como o ovo na história de Colombo, os dois são achatados na extremidade de contato —, mas sua semelhança física deve causar perpétuo assombro às gaivotas que os sobrevoam. Aos seres desprovidos de asas o mais interessante é que os dois diferem em tudo, à exceção do tamanho e da forma.

Eu morava em West Egg, o... bem, o menos requintado dos dois, embora esse seja um rótulo superficial para expressar o bizarro e um pouco sinistro contraste entre eles. Minha casa ficava bem na pontinha do ovo, a cerca de cinquenta metros do estreito, espremida entre dois imóveis enormes cujo aluguel chegava a doze ou quinze mil por temporada. A casa à minha direita era colossal por quaisquer parâmetros: tratava-se de uma réplica fiel de algum *Hôtel de Ville* na Normandia, com uma torre lateral totalmente nova sob uma fina faixa de heras selvagens, piscina de mármore e mais de 160 mil metros quadrados de gramado e jardim. Era a mansão de Gatsby. Ou melhor, como à época eu ainda não conhecia o sr. Gatsby, era uma mansão habitada por um cavalheiro com esse nome. Minha casa em si era monstruosa, mas era de uma monstruosidade pequenina, que passava despercebida, e assim eu tinha vista para o mar, uma vista parcial para o gramado de meu vizinho e a reconfortante proximidade dos milionários — tudo isso por oitenta dólares mensais.

Do outro lado da baía os palácios brancos do requintado East Egg reluziam sobre a água, e a história deste verão começa de fato na noite em que fui de carro até lá para jantar na casa de Tom Buchanan. Daisy era minha prima de segundo grau, e eu havia conhecido Tom na faculdade. Além disso, tínhamos passado dois dias juntos em Chicago logo após o fim da guerra.

O marido dela, entre muitos outros feitos esportivos, fora um dos pontas mais eficientes já vistos no futebol americano de New Haven — uma figura de certa projeção nacional, um desses homens que atingem um apurado nível de excelência aos 21 anos de idade e tudo o que acontece depois em sua vida tem sabor de anticlímax. Sua família possuía uma imensa fortuna — mesmo na faculdade, sua displicência ao lidar com dinheiro era alvo de rechaço —, e agora ele havia se mudado de Chicago para o Leste de um jeito de tirar o fôlego: por exemplo, ele trouxera uma linhagem inteira de cavalos de polo de Lake Forest. Era difícil assimilar que um homem da minha geração fosse rico o bastante para fazer isso.

Não sei dizer por que vieram para o Leste. Tinham passado um ano na França sem nenhum motivo em particular, e depois perambularam inquietos por aqui e ali, por onde quer que as pessoas jogassem polo e fossem ricas. Era uma mudança definitiva, Daisy disse ao telefone, mas não acreditei — eu não conhecia o caráter essencial de Daisy, mas sentia que Tom perambularia para sempre em sua busca um tanto nostálgica pelo redemoinho dramático de alguma partida de futebol perdida para sempre.

E assim, em uma noite quente de ventania, dirigi até o East Egg para ver dois velhos amigos que eu mal conhecia.

A casa deles era ainda mais sofisticada do que eu esperava, uma vibrante mansão colonial branca e vermelha de estilo georgiano com vista para a baía. O gramado começava na praia e se estendia até a porta de entrada por quase meio quilômetro, passando por relógios solares, trilhas de tijolos e jardins flamejantes, até por fim chegar à casa e subir pelas paredes laterais em vinhas verdejantes, como se houvesse ganhado impulso durante a corrida. A fachada era cortada por uma fileira de portas-balcão que cintilavam um reflexo dourado, abertas para receber o vento cálido da tarde, e Tom Buchanan, com seu traje de equitação, estava parado na varanda, com as pernas afastadas.

Ele havia mudado desde os anos em New Haven. Agora era um homem robusto de trinta anos com cabelo cor de palha, boca um pouco tensa e um ar de superioridade. Seus olhos reluzentes e arrogantes dominavam seu rosto e deixavam a impressão de Tom estar sempre inclinado para a frente, de um modo agressivo. Nem mesmo a vaidade afeminada de suas roupas de equitação conseguia esconder o imenso poder daquele corpo — Buchanan parecia preencher aquelas botas lustradas a ponto de forçar os cadarços, e quando movia os ombros era possível ver um grande conjunto de músculos se deslocando sob o fino casaco. Era um corpo dotado de imenso poder — um corpo cruel.

Seu tom de voz, um tenor rouco e áspero, contribuía para a imagem irascível que transmitia. Havia nessa imagem um toque de desprezo paternal, mesmo com relação às pessoas de quem ele gostava — e havia homens em New Haven que o odiavam com todas as forças.

"Veja bem, não pense que não posso mudar de opinião a respeito disso", Tom parecia dizer, "só porque sou mais forte e másculo do que você." Havíamos integrado a mesma fraternidade universitária, e embora jamais tenhamos sido íntimos, sempre tive a sensação de que ele me estimava e queria que eu gostasse dele com a obstinação voraz e desafiadora que lhe era tão própria.

Conversamos por alguns minutos na varanda ensolarada.

— Arranjei uma bela casa aqui — disse Buchanan, os olhos perambulando inquietos.

Ele me virou puxando meu braço, e estendeu sua ampla mão rente à parte frontal da casa, indicando com seu gesto um jardim italiano, mais de dois mil metros quadrados de rosas perfumadas e um barco a motor de nariz pontiagudo que balançava ao ritmo das ondas.

— Pertencia ao petroleiro Demaine. — Virou-me outra vez, abrupta e educadamente. — Vamos entrar.

Percorremos um corredor de pé-direito alto que dava em um ambiente rosado e iluminado, unido fragilmente à casa por duas portas-balcão situadas nas duas extremidades. As portas estavam entreabertas e o esplandecer de sua tinta branca sobre a grama fresca lá fora parecia criar um pequeno caminho até a parte interna da casa. Uma brisa soprava ali dentro e trepidava os cantos das cortinas feito bandeiras pálidas, soerguendo-as em direção ao teto em forma de bolo de casamento e ondulando-as sobre o tapete bordô, criando nele as mesmas sombras que o vento cria no mar.

O único objeto totalmente estático no recinto era um imenso sofá no qual duas jovens mulheres pairavam como se fossem balões ancorados. As duas estavam de branco e seus vestidos tremulavam e esvoaçavam como se tivessem acabado de planar de volta ao chão após um breve voo pela casa. Devo ter passado alguns segundos escutando os estalos e açoites das cortinas e o rangido de um quadro pendurado na parede. Então Tom Buchanan fechou as janelas com um baque e a corrente de ar se extinguiu pelo cômodo, fazendo com que as cortinas, os tapetes e as duas jovens mulheres lentamente aterrissassem com leveza no chão.

A mais jovem das duas me era desconhecida. Ela estava toda espichada na ponta do divã, completamente inerte e com o queixo um pouco erguido, como se equilibrasse nele alguma coisa com boas chances de cair no chão. Se me viu de canto de olho, não deu nenhum sinal disso — na verdade, quase balbuciei um pedido de desculpas por tê-la perturbado com minha chegada.

A outra jovem, Daisy, tentou se levantar — inclinou-se de leve para a frente com uma expressão meticulosa — e então riu, uma risadinha charmosa e absurda, e eu também ri e avancei cômodo adentro.

— Estou p-pa-ra-li-sa-da de tanta alegria.

Ela riu outra vez, como se tivesse dito algo muito sagaz, e segurou minha mão por um instante, olhando-me no rosto, jurando que não havia ninguém no mundo que ela tivesse mais vontade de ver. Esse era seu jeito. Daisy observou com um murmúrio que a garota equilibrista se chamava Baker. (Já ouvi dizerem que minha prima sussurrava apenas para atrair as pessoas para perto de si; uma crítica irrelevante que em nada reduzia o charme de sua fala.)

De todo modo, os lábios da srta. Baker se moveram, ela assentiu para mim de modo quase imperceptível e logo voltou a recostar a cabeça para trás — sem dúvidas ficou preocupada ao perceber uma oscilação no objeto imaginário que equilibrava. Mais uma vez se esboçou em meus lábios uma espécie de pedido de desculpa. São raras as demonstrações de plena autossuficiência que não suscitam a minha admiração.

Olhei de novo para a minha prima, que começara a me fazer perguntas com sua voz baixa e encantadora. Era o tipo de voz que o ouvido acompanha como se cada discurso fosse um arranjo de notas que jamais voltará a ser tocado. Seu rosto era triste, amável e adornado com características brilhantes: olhos reluzentes e uma vívida boca apaixonada — mas havia em sua voz uma empolgação que os homens que um dia haviam se afeiçoado a Daisy tinham dificuldade para esquecer: uma compulsão melódica, um "escute" sussurrado, uma promessa de que ela havia feito coisas divertidas e empolgantes um instante atrás e de que coisas divertidas e empolgantes espreitavam a hora seguinte.

Contei a minha prima que passara um dia em Chicago no meu caminho para o Leste e uma dúzia de pessoas havia pedido para eu lhe mandar lembranças.

— Eles sentem saudades de mim? — indagou extasiada.

— A cidade inteira está inconsolável. Todos pintaram a roda traseira esquerda do carro de preto em sinal de luto, e escuta-se um lamento insistente durante toda a noite na margem norte.

— Que maravilha! Vamos voltar, Tom. Amanhã! — Então Daisy acrescentou, irrelevantemente: — Você precisa ver a bebê.

— Seria um prazer.

— Ela está dormindo. Tem três anos de idade. Você nunca a viu?

— Nunca.

— Bem, você precisa vê-la. Ela é...

Tom Buchanan, que andava em círculos, inquieto, durante toda a nossa conversa, parou e recostou a mão em meu ombro.

— O que você tem feito, Nick?

— Sou corretor de títulos.

— Trabalha com quem?

Eu lhe disse.

— Nunca ouvi falar — comentou de modo decisivo.

Aquilo me deixou incomodado.

— Mas vai ouvir — respondi concisamente. — Vai ouvir se ficar aqui no Leste.

— Ah, eu vou ficar no Leste, não se preocupe — ele disse, olhando para Daisy e então para mim, como se estivesse atento a alguma outra coisa. — Eu seria um maldito tolo se morasse em qualquer outro lugar.

Nesse momento a srta. Baker disse "Com certeza!" de modo tão repentino que me sobressaltei — era a primeira palavra que ela articulava desde a minha entrada no recinto. Visivelmente isso a surpreendeu tanto quanto a mim, pois ela bocejou e, com uma série de movimentos rápidos e hábeis, levantou-se e se postou no centro da sala.

— Estou toda rija — queixou-se. — Nem lembro mais há quanto tempo estou deitada neste sofá.

— Não olhe para mim — rebateu Daisy —, passei a tarde inteira tentando levá-la a Nova York.

— Não, obrigada — disse a srta. Baker aos quatro coquetéis recém-chegados da copa. — Estou em treinamento absoluto.

Seu anfitrião a olhou incrédulo.

— Se está! — Tom virou sua bebida como se fosse um restinho no fundo de uma garrafa. — Está além do meu entendimento de que modo você sempre consegue as coisas.

Olhei para a srta. Baker, imaginando o que ela teria "conseguido terminar". Gostei de olhar para ela. Era uma moça esbelta, de seios pequenos e postura ereta acentuada por seu hábito de reclinar os ombros para trás como um jovem cadete. Seus olhos acinzentados e semicerrados retribuíram meu olhar com cortês e recíproca curiosidade, vindos de um rosto lânguido, de charmoso descontentamento. Ocorreu-me então que eu já a tinha visto antes, ao menos em fotos, em algum lugar.

— Você mora em West Egg — ela observou desdenhosa. — Conheço uma pessoa que mora lá.

— Não conheço ninguém que...

— Você deve conhecer Gatsby.

— Gatsby? — indagou Daisy. — Que Gatsby?

Antes que eu pudesse responder que ele era meu vizinho, o jantar foi anunciado; encaixando seu braço tensionado de forma imperativa sob o meu, Tom Buchanan me impeliu para fora da sala como se movimentasse uma peça de xadrez para outra casa.

Languidamente, com elegância, as mãos repousando com leveza nos quadris, as duas jovens mulheres se anteciparam a nós e seguiram para a varanda rosada com vista ao pôr do sol, onde quatro velas bruxuleavam na mesa ao ritmo do vento minguado.

— Para que *velas*? — objetou Daisy, franzindo o cenho. Apagou-as com os dedos. — O dia mais longo do ano será em duas semanas. — Ela olhou para nós, radiante. — Vocês também sempre esperam pelo dia mais longo do ano e na hora acabam esquecendo? Eu sempre espero pelo dia mais longo do ano e na hora acabo esquecendo.

— Deveríamos planejar alguma coisa — bocejou a srta. Baker, sentando-se à mesa como se estivesse indo para a cama.

— Boa ideia — disse Daisy. — O que vamos planejar? — Ela se voltou para mim, desamparada: — O que as pessoas planejam?

Antes que eu pudesse responder, seus olhos se fixaram com expressão de espanto em seu dedo mindinho.

— Olhem! — ela lamentou. — Machuquei.

Todos nós olhamos: o nó do dedo estava preto e azul.

— Foi você, Tom — ela disse em tom acusador. — Eu sei que você não teve a intenção, mas você *fez* isso. Eis o que ganho por me casar com um brutamontes, um grande espécime desajeitado que...

— Odeio a palavra brutamontes — Tom objetou rabugento. — Mesmo de brincadeira.

— Seu brutamontes — insistiu Daisy.

Às vezes ela e a srta. Baker falavam ao mesmo tempo, mas por serem discretas e graciosamente inconsequentes não parecia tagarelice, apenas algo impassível como seus vestidos brancos e seus olhares impessoais e desprovidos de qualquer forma de desejo. Estavam ali, aceitavam a minha companhia e a de Tom e faziam de bom grado um pequeno esforço cortês para entreterem ou serem entretidas. Sabiam que logo aquele jantar chegaria ao fim e um pouco mais tarde a noite também chegaria ao fim e, sem mais, seria esquecida. Era um contraste agudo com o Oeste, onde as noites eram arrastadas à força por cada etapa até o seu encerramento, em um contínuo de expectativas frustradas ou no mais absoluto pavor do momento em si.

— Você faz eu me sentir incivilizado, Daisy — confessei durante o meu segundo copo de um vinho tinto um pouco passado, embora marcante. — Não poderíamos falar sobre safras ou algo do tipo?

Esse comentário não tinha nenhum propósito específico, mas foi recebido de modo inesperado.

— A civilização está ruindo aos pedaços — Tom irrompeu furioso. — Ando bem pessimista com as coisas. Você leu *A ascensão dos impérios de cor* desse tal Goddard?

— Não, por quê? — respondi, um tanto surpreso com seu tom.

— Bom, é um belo livro que todos deveriam ler. A ideia dele é que se não tomarmos cuidado a raça branca será... será completamente soterrada. É tudo científico; está provado.

— Tom está ficando muito intelectual — comentou Daisy com uma expressão de tristeza irrefletida. — Lê livros profundos repletos de palavras longas. Qual era a palavra que nós...

— Bom, esses livros são todos científicos — insistiu Tom, encarando-a com impaciência. — Esse sujeito entendeu toda a situação. Cabe a nós da raça dominante tomar cuidado ou essas outras raças vão assumir o controle das coisas.

— Precisamos derrubá-los — sussurrou Daisy, piscando freneticamente para o sol abrasador.

— Vocês precisam ir morar na Califórnia... — começou a srta. Baker, mas Tom a interrompeu ao virar-se pesadamente na cadeira.

— A ideia é que nós somos nórdicos. Eu sou, você também, você também e... — Após hesitar por um átimo, ele incluiu Daisy com um leve meneio e ela piscou para mim outra vez — ... e somos responsáveis por tudo o que constitui a civilização... ah, a ciência, a arte e todas essas coisas. Você me entende?

Havia algo de patético em sua concentração, como se a complacência, mais exacerbada do que em outros tempos, já não lhe bastasse. Quando, quase no mesmo instante, o telefone tocou lá dentro e o mordomo deixou a varanda, Daisy aproveitou a interrupção momentânea e se inclinou em minha direção.

— Vou contar um segredo de família — ela sussurrou entusiasmada. — É sobre o nariz do mordomo. Quer ouvir a história do nariz do mordomo?

— Foi para isso que vim aqui esta noite.

— Bem, ele nem sempre foi mordomo; antes ele polia a prataria de umas pessoas em Nova York que alugavam jogos de prata para duzentas pessoas. Precisava polir dia e noite até que lá pelas tantas isso começou a afetar seu nariz...

— As coisas foram de mal a pior — sugeriu a srta. Baker.

— Sim. As coisas foram de mal a pior e, por fim, ele precisou abandonar o emprego.

Por um momento, o último raio de sol repousou com uma afeição romântica em sua face radiante; a voz dela me impeliu a reclinar-me para a frente e segurar a respiração para escutá-la, e então o brilho se esvaiu, cada pedaço de luz deixou seu rosto com o mesmo demorado arrependimento das crianças que deixam uma rua agradável ao anoitecer.

O mordomo retornou e murmurou algo próximo ao ouvido de Tom que o fez franzir o cenho, empurrar a cadeira para trás e entrar na casa sem dizer uma palavra. Como se sua ausência houvesse despertado alguma coisa dentro dela, Daisy se inclinou à frente outra vez. Sua voz brilhava e cantarolava.

— Adoro ter você à minha mesa, Nick. Você me lembra uma... uma rosa, uma rosa absoluta. Ele não lembra? — Virou-se para a srta. Baker à espera de uma confirmação. — Uma rosa absoluta?

Isso não era verdade. Não sou nem remotamente parecido com uma rosa. Ela apenas improvisava, mas emanava calor como se seu coração tentasse vir até mim embrulhado em alguma dessas palavras comoventes e desconcertantes. Então Daisy largou de supetão o guardanapo na mesa, pediu licença e entrou na casa.

A srta. Baker e eu trocamos uma espécie de olhar conscientemente desprovido de significado. Eu estava prestes a falar quando ela se sobressaltou e disse "Shh!" com uma voz alarmante. Um suave murmúrio ardoroso chegava do cômodo adiante, e a srta. Baker se inclinou para a frente, desavergonhada, tentando escutar. O murmúrio cambaleou nos limites da coerência, afundou, cresceu em exaltação e então cessou de vez.

— Esse sr. Gatsby de quem você falou é meu vizinho — comecei a conversa.

— Fique em silêncio. Quero ouvir o que vai acontecer.

— Está acontecendo alguma coisa? — indaguei inocentemente.

— Quer dizer que você não sabe? — disse a srta. Baker com genuína surpresa. — Achei que todos soubessem.

— Não sei.

— Pois bem... — disse hesitante. — Tom arranjou uma mulher em Nova York.

— Arranjou uma mulher? — repeti inexpressivo.

A srta. Baker assentiu.

— Ela poderia ter a decência de não telefonar para ele na hora do jantar. Você não acha?

Mal tive tempo para compreender o significado dessas palavras quando escutamos o farfalhar de um vestido e os passos de botas de couro, e Tom e Daisy retornaram à mesa.

— Não pudemos evitar! — bradou Daisy com tenso divertimento.

Ela se sentou, lançou um olhar inquiridor para a srta. Baker e outro para mim antes de continuar:

— Fiquei olhando para o jardim por um momento e vi uma cena muito romântica. Há um pássaro no gramado que acredito se tratar de um rouxinol que veio a bordo de um transatlântico Cunard ou White Star Line. Ele está cantarolando. — A voz dela era melódica. — É romântico, não é, Tom?

— Muito romântico — ele respondeu, e então me disse, abatido: — Se houver luz suficiente quero te mostrar o estábulo depois do jantar.

O telefone tocou lá dentro, surpreendendo-nos, e enquanto Daisy sacodia a cabeça veementemente para Tom, o assunto do estábulo, e na verdade todos os assuntos, desmanchou-se no ar. Entre os fragmentos desconexos daqueles últimos cinco minutos à mesa, lembro-me das velas sendo acesas outra vez sem que houvesse necessidade e do meu desejo consciente de encarar todos direto no rosto e ao mesmo tempo evitar seus olhos. Não podia imaginar o que Daisy e Tom estavam pensando, mas duvido que até mesmo a srta. Baker, que aparentava ser dotada de um robusto ceticismo, conseguisse afastar de sua mente a urgência metálica e estridente daquele quinto convidado. Pessoas de certo temperamento poderiam achar um momento assim intrigante — já eu sentia o impulso de chamar a polícia imediatamente.

Os cavalos, desnecessário dizer, não voltaram a ser mencionados. Tom e a srta. Baker, separados por alguns bons metros de crepúsculo, caminharam de volta para a biblioteca, como se fossem prestar vigília ao lado de um corpo tangível, e eu, tentando ao mesmo tempo demonstrar um interesse agradável e um pouco de surdez, acompanhei Daisy por um labirinto de varandas interconectadas até chegar ao alpendre da frente. Na densa penumbra, sentamo-nos lado a lado em um banco de vime.

Daisy mergulhou o rosto nas mãos, como se tateasse sua adorável forma, e seus olhos deslizaram aos poucos para o crepúsculo aveludado. Vi como se deixava dominar por emoções turbulentas, e então fiz uma série de perguntas sobre sua filhinha que, presumi, teria um efeito sedativo.

— Nós não nos conhecemos muito bem, Nick — ela disse de repente. — Mesmo sendo primos. Você não veio ao meu casamento.

— Eu ainda não tinha voltado da guerra.

— É verdade. — Ela hesitou. — Bom, passei por maus bocados, Nick, e me tornei muito cínica a respeito de tudo.

Sem dúvidas ela tinha motivos para isso. Esperei, mas Daisy não disse mais nada e, após um momento, retomei com escassas energias o assunto de sua filha.

— Imagino que ela já fale e... coma e etc.

— Ah, sim. — Ela olhou para mim distraída. — Escute, Nick; deixe eu te contar o que eu disse quando ela nasceu. Você gostaria de ouvir?

— Adoraria.

— Isso vai lhe dar uma ideia de como passei a me sentir com relação... às coisas. Bem, a bebê tinha menos de uma hora de vida e Tom estava sabe Deus onde. Despertei do efeito do éter com a mais completa sensação de abandono e perguntei na hora para a enfermeira se era um menino ou uma menina. Ela respondeu que era uma menina, e então virei o rosto para o lado e chorei. "Tudo bem", disse.

"Estou contente que seja uma menina. E espero que ela seja tola... é a melhor coisa que uma menina pode ser nesse mundo, uma bela tolinha."

— Sabe, acho que de qualquer modo as coisas sempre são horríveis — Daisy prosseguiu convicta. — Todo mundo acha isso, as pessoas mais modernas. E eu *sei*. Já estive em todos os lugares, vi todas as coisas e fiz tudo o que havia para fazer.

Seus olhos cintilaram, desafiadores como os de Tom, e ela riu com entusiasmado deboche.

— Sofisticada... meu Deus, como sou sofisticada!

No instante em que sua voz cessou, deixando de cativar minha atenção e credulidade, senti que o que ela acabara de dizer era totalmente insincero. Isso me causou desconforto, como se toda aquela noite fosse uma espécie de truque para extrair de mim alguma contribuição emocional. Esperei e, como era inevitável, um instante depois ela olhou para mim ostentando em seu rosto adorável um sorriso de todo malicioso, como se houvesse confessado que ela e Tom participavam de alguma sociedade secreta muito distinta.

Lá dentro, a sala carmesim florescia de luzes. Tom e a srta. Baker estavam sentados cada um em uma ponta do longo sofá, e ela lia em voz alta para ele um texto do *Saturday Evening Post*: as palavras, sussurradas e monocórdias, grudavam-se umas às outras em uma reconfortante melodia. A luz da lâmpada, fulgente nas botas dele e opaca no cabelo dela, amarelo como as folhas de outono, brilhou sobre a revista enquanto ela virava a página com uma leve palpitação dos músculos delgados de seus braços.

Quando entramos, a srta. Baker nos manteve em silêncio por um instante com a mão erguida.

— Continua — ela disse, atirando o periódico na mesa — em nossa próxima edição.

A senhorita firmou o corpo com um movimento ágil dos joelhos e se levantou.

— Dez da noite — observou, aparentemente descobrindo as horas pelo teto. — Hora desta boa menina ir para a cama.

— Jordan tem um torneio amanhã — explicou Daisy —, em Westchester.

— Ah... você é *Jordan* Baker.

Agora eu sabia por que o rosto dela era familiar: sua agradável expressão de desdém havia me fitado de muitas fotos impressas nos cadernos esportivos de Asheville e Hot Springs e Palm Beach. Eu também havia escutado uma história sobre ela, uma história séria e desagradável, mas da qual eu esquecera tempos atrás.

— Boa noite — disse em tom suave. — Me acordem às oito, por gentileza.

— Se você se levantar.

— Eu vou. Boa noite, sr. Carraway. Nos vemos em breve.

— É claro que vocês vão se ver — confirmou Daisy. — Na verdade, acho que vou arranjar um casamento. Venha com frequência, Nick, e vou meio que... aahn... juntar vocês dois. Sabe... trancar vocês por acidente no armário das roupas de cama ou empurrá-los para o mar em um barco a vela, coisas assim...

— Boa noite — interrompeu a srta. Baker da escada. — Não escutei uma palavra disso.

— Ela é uma boa moça — disse Tom após um instante. — Não deveriam deixá-la vagando solta pelo país desse jeito.

— Quem não deveria? — perguntou Daisy com indiferença.

— A família dela.

— A família dela consiste em uma tia com mais ou menos mil anos. Além disso, Nick vai cuidar dela, não vai, Nick? Ela vai passar vários finais de semana por aqui durante este verão. Acho que esta casa será uma boa influência para ela.

Daisy e Tom trocaram olhares em silêncio por alguns instantes.

— Ela é de Nova York? — perguntei depressa.

— De Louisville. Lá passamos juntas a nossa imaculada infância. Nossa linda e cândida...

— Abriu o seu coração para Nick durante sua conversinha na varanda? — Tom a inquiriu de repente.

— Abri? — Ela olhou para mim. — Não consigo me lembrar, mas acho que falamos sobre a raça nórdica. Sim, tenho certeza que sim. O tema pairava no ar, e quando nos demos conta...

— Não acredite em tudo o que você escuta, Nick — ele me aconselhou.

Eu disse em tom suave que não havia escutado nada, e alguns minutos depois me levantei para me despedir. Os dois me acompanharam até a porta e ficaram lado a lado em um alegre quadrado de luz. Quando dei a partida no motor, Daisy gritou peremptoriamente:

— Espere! Esqueci de perguntar uma coisa, uma coisa importante. Ouvimos dizer que você estava noivo de uma garota no Oeste.

— Foi mesmo — Tom corroborou gentilmente. — Ouvimos dizer que você estava noivo.

— Calúnias. Sou muito pobre para isso.

— Mas foi o que ouvimos — insistiu Daisy, surpreendendo-me como se desabrochasse outra vez. — Ouvimos isso de três pessoas diferentes, então só pode ser verdade.

Eu sabia muito bem a que eles se referiam, mas não estava nem remotamente noivo. O fato de terem transformado uma fofoca em anúncio de casamento fora uma das razões que me trouxeram ao Leste. Não se pode abandonar a companhia de uma velha amiga por causa de rumores, por outro lado não pretendia deixar que esses mesmos rumores me impelissem ao casório.

O interesse dos dois me enterneceu e tornou-os menos remotamente ricos — no entanto, estava confuso e um pouco incomodado ao dirigir de volta para casa. Pareceu-me que o melhor para Daisy seria correr para longe daquela casa com a filha nos braços, mas ao que tudo indicava isso nem passava por sua cabeça. Quanto a Tom, na verdade o fato de ele ter "arranjado uma mulher em Nova York" não me surpreendia tanto quanto ele ter ficado deprimido por causa de um livro. Algo o levara a flertar com ideias antiquadas, como se a vaidade de sua robustez física já não bastasse para alentar seu coração dogmático.

O verão já estava pleno nos telhados das hospedarias e defronte às oficinas de beira de estrada, onde bombas de gasolina vermelhas novinhas em folha repousavam sob poças de luz, e quando cheguei em minha propriedade no West Egg eu conduzi o carro até debaixo do abrigo e me sentei um pouco em um cortador de grama abandonado no jardim. O vento cessara, deixando para trás uma ruidosa noite clara com asas que rutilavam sobre as árvores e um persistente timbre de órgão enquanto a terra soprava, a plenos pulmões, os sapos repletos de vida. A silhueta de um carro em movimento tremulou à luz da lua e, ao virar a cabeça para observá-lo, eu vi que não estava sozinho: a vinte metros de distância uma figura havia emergido das sombras da mansão de meu vizinho, e agora estava de pé com as mãos no bolso contemplando a poeira prateada das estrelas. Algo em seus movimentos vagarosos e na segurança com que pisava na grama sugeria que se tratava do próprio sr. Gatsby, que saíra de casa para determinar que porção lhe cabia em nosso pedaço de firmamento.

Decidi abordá-lo. A srta. Baker o havia mencionado durante o jantar, e isso bastaria para eu me apresentar. Mas não o abordei, pois ele demonstrou de forma súbita que estava contente por estar sozinho: espreguiçou os braços em direção à água escura de modo curioso, e mesmo à distância eu poderia jurar que ele tremia. Olhei para o mar em uma reação involuntária — e não vi nada além de uma única luz verde, diminuta e longínqua, talvez a extremidade de alguma doca. Quando voltei a olhar para Gatsby ele havia desaparecido, e eu estava outra vez sozinho na inquieta escuridão.

Mais ou menos a meio caminho entre West Egg e Nova York, a autoestrada se une de repente à linha férrea e segue ao seu lado por meio quilômetro, de modo a evitar uma porção desolada de terra. Trata-se de um vale de cinzas: uma fazenda fantástica onde as cinzas crescem feito trigo em montículos, colinas e jardins grotescos; onde assumem a forma de casas, chaminés, fumaça que sobe aos céus e, por fim, com um esforço transcendental, de homens cobertos de cinza que se movem indistintamente através do ar empoeirado enquanto se reduzem a migalhas. De vez em quando uma fila de carros cinza se arrasta por um caminho invisível, emite um guincho medonho e para. Imediatamente os homens cobertos de cinza formam um enxame com suas pás de chumbo em riste e solevam uma nuvem intransponível que protege de nosso olhar suas obscuras atividades.

Mas após alguns instantes é possível divisar, acima da terra cinzenta e dos espasmos de poeira sombria que pairam infindamente sobre ela, os olhos do dr. T. J. Eckleburg. Os olhos do dr. T. J. Eckleburg são azuis e gigantescos: suas retinas têm quase um metro de altura. Não parecem parte de um rosto, mas, sim, de um imenso par amarelo de óculos sustentado por um nariz inexistente. Por óbvio algum oculista engraçadinho colocou-os ali para atrair clientes ao seu consultório no Queens, e depois mergulhou ele próprio na cegueira eterna, ou esqueceu-se deles e se mudou. Mas seus olhos, um pouco embotados após tantos dias expostos ao sol e à chuva, ponderam acerca deste solene depósito de lixo.

O vale das cinzas está cercado de um lado por um pequeno rio fétido, e quando a ponte levadiça está erguida para permitir a passagem das barcaças, os passageiros que esperam dentro dos trens podem fitar a lúgubre cena por até meia hora. Sempre há uma parada de pelo menos um minuto no local, e foi assim que encontrei a amante de Tom Buchanan pela primeira vez.

O fato de ele ter uma amante era assunto recorrente em todos os meios por onde circulava. Seus amigos se ressentiam porque ele a levava a restaurantes de grande popularidade e, deixando-a sozinha à mesa, transitava pelo recinto, puxando conversa com todos os seus conhecidos. Embora estivesse curioso para vê-la, eu não desejava conhecê-la — mas a conheci. Certa tarde eu viajava a Nova York de trem ao lado de Tom; quando paramos junto às pilhas de cinza ele se levantou de um salto e, puxando-me pelo cotovelo, literalmente me forçou a sair do vagão.

— Vamos descer aqui! — ele insistiu. — Quero que você conheça minha garota.

Acho que Tom havia bebido um bocado durante o almoço, e sua obstinação em me levar junto beirou a violência.

A suposição arrogante era a de que eu não tinha nada melhor a fazer em uma tarde de domingo.

Segui-o até uma cerca da ferrovia pintada de branco, e caminhamos por uns cem metros até a rua sob o olhar persistente do dr. Eckleburg. A única edificação à vista era um pequeno prédio de tijolos amarelos situado nos limites do depósito de lixo, uma espécie de rua principal compacta de frente para o depósito e ao lado de absolutamente nada. Uma das três lojas do bloco estava para alugar, e outra era um restaurante vinte e quatro horas próximo a uma trilha de cinzas; a terceira era uma oficina mecânica (Consertos. GEORGE B. WILSON. Compram-se e vendem-se carros.) onde entrei seguindo Tom.

O interior da oficina era pobre e frugal; o único carro visível era a carcaça empoeirada de um Ford acabrunhada em um canto escuro. Ocorreu-me que aquele desastre de oficina devia servir de fachada para ocultar quartos românticos e suntuosos na sobreloja, mas então o proprietário em pessoa surgiu na porta de um escritório esfregando as mãos em um pedaço de pano. Era um homem loiro e cabisbaixo, anêmico, vagamente bonito. Quando nos viu, um brilho de esperança despontou em seus olhos azul-claros.

— Olá, Wilson, meu chapa — disse Tom, dando-lhe tapinhas de modo jovial no ombro. — Como vão os negócios?

— Não tenho do que reclamar — respondeu Wilson de modo pouco convincente. — Quando vai me vender aquele carro?

— Semana que vem; meu mecânico está trabalhando nele agora mesmo.

— Ele trabalha devagar, né?

— Não, não trabalha — retrucou Tom com frieza. — E se você pensa assim, no fim das contas talvez seja melhor eu vendê-lo em outro lugar.

— Eu não quis dizer isso — Wilson se explicou depressa. — Só quis dizer que...

Sua voz minguou e Tom olhou impaciente em torno da oficina. Então escutei passos em uma escada, e no instante seguinte uma corpulenta figura feminina bloqueava a passagem de luz na porta do escritório. Tinha trinta e poucos anos e era um pouco rechonchuda, mas seus atributos a deixavam sensual como acontece a algumas mulheres. Estava com um vestido de bolinhas azul-escuro de crepe de chine e em seu rosto não havia nenhum traço ou sugestão de beleza, mas sua vitalidade era evidente desde o primeiro instante, como se os nervos do seu corpo ardessem sem parar. Ela sorriu devagar e, passando direto pelo marido como se ele fosse um fantasma, apertou as mãos de Tom, fitando-o direto nos olhos. Então umedeceu os lábios e sem nem se virar falou com o marido em voz suave e áspera:

— Quem sabe você não busca umas cadeiras para que alguém possa se sentar?

— Ah, é pra já — concordou Wilson depressa, já a caminho de um pequeno escritório, mesclando-se de imediato com a cor de cimento das paredes. Uma poeira esbranquiçada recobria seu terno preto e seu cabelo pálido assim como recobria tudo ao redor — à exceção de sua esposa, que chegou mais perto de Tom.

— Quero vê-la — disse Tom decidido. — Pegue o próximo trem.

— Está bem.

— Nos encontramos ao lado da banca de revistas do primeiro andar.

Ela assentiu e se afastou dele justo quando George Wilson saía do escritório com duas cadeiras em mãos.

Esperamos pela mulher no final da rua para não dar na vista. Faltavam poucos dias para o feriado de 4 de julho, e um moleque de origem italiana, esquelético e pálido, colocava um filete de bombinhas ao longo dos trilhos.

— Péssimo lugar, né — comentou Tom, retribuindo a careta do dr. Eckleburg.

— Terrível.

— É bom para ela sair um pouco.

— O marido dela não se opõe?

— Wilson? Ele acha que ela sai para visitar a irmã em Nova York. É tão tapado que nem sabe que está vivo.

E assim Tom Buchanan e sua garota e eu fomos juntos a Nova York — ou mais ou menos juntos, pois a sra. Wilson sentou-se discretamente em outro vagão. Era um gesto de consideração de Tom à sensibilidade dos moradores do East Egg que porventura estivessem no trem.

Ela trocara o vestido por um de musselina marrom, apertado em seu largo quadril, quando Tom a auxiliou a descer do trem na estação de Nova York. Na banca de jornal a garota comprou um exemplar de *Town Tattle* e uma fotonovela, e na farmácia da estação comprou um creme e um frasquinho de perfume. No andar superior, no solene e reverberante ponto de táxi, ela deixou que quatro táxis passassem antes de escolher um, que era cor de lavanda com estofamento cinza, e foi nesse veículo que deixamos as plataformas para trás e avançamos rumo ao sol vibrante. Mas pouco depois a mulher deu as costas à janela e, projetando-se à frente de forma abrupta, bateu no para-brisa.

— Quero um cachorrinho desses — disse séria. — Quero um cachorrinho desses para o apartamento. Cachorro é uma coisa boa de se ter.

O carro deu ré até um velho homem grisalho absurdamente parecido com John D. Rockefeller. Ele tinha um cesto pendurado no pescoço, onde se amontoava uma dúzia de filhotes minúsculos e de raça indefinida.

— De que tipo você tem? — perguntou a sra. Wilson ansiosa, quando ele se aproximou da janela do táxi.

— De todos os tipos. O que a senhora procura?

— Eu queria um daqueles cães policiais; por acaso você tem daqueles?

O homem espiou o cesto com ceticismo, mergulhou as mãos nele e ergueu pela pelanca do pescoço um filhote que ficou se debatendo no ar.

— Isto não é um cão policial — disse Tom.

— Não, não é exatamente um cão *policial* — exclamou o homem desapontado. — Está mais para um Airedale.

O homem acariciou as costas do animal, um tapetinho felpudo e marrom.

— Veja só essa pelagem. Um belo casaquinho. Um cachorro desses jamais incomodará a senhora pegando um resfriado.

— Achei fofo — disse a sra. Wilson entusiasmada. — Quanto é?

— Este cachorro? — Ele olhou para o animal, admirado. — Este cachorro pode ser seu por dez dólares.

O Airedale (e sem dúvidas havia um pouco de Airedale em algum lugar ali, embora as patas fossem surpreendentemente brancas) mudou de mãos e se acomodou no colo da sra. Wilson, que acariciou aquele casaco de inverno em êxtase.

— É macho ou fêmea? — ela perguntou com delicadeza.

— Este cachorro? Este cachorro é macho.

— É uma cadela — disse Tom inequívoco. — Aqui está o seu dinheiro. Vá lá e compre mais dez cães com ele.

Percorremos a Quinta Avenida, cálida e suave, quase pastoral, naquela tarde de domingo veranil. Não me surpreenderia se deparasse com um rebanho de ovelhas brancas ao dobrar a esquina.

— Pare — falei. — Preciso me separar de vocês aqui.

— Não precisa, não — interpôs Tom depressa. — Myrtle vai ficar chateada se você não visitar o apartamento. Não é, Myrtle?

— Venha — ela insistiu. — Vou telefonar para minha irmã Catherine. Quem entende do assunto diz que ela é muito bonita.

— Eu adoraria, mas...

Seguimos em frente, cortando o parque outra vez em direção a West Hundreds. Na rua 158 o táxi parou diante de uma das fatias de um comprido bolo branco formado por apartamentos. Após lançar um majestoso olhar de boas-vindas para a vizinhança, a sra. Wilson pegou o cachorrinho e o restante das compras e adentrou com altivez.

— Vou chamar os McKee — ela anunciou enquanto subíamos de elevador. — E, claro, também preciso convidar a minha irmã.

O apartamento ficava no último andar — uma pequena sala de estar, uma pequena sala de jantar, um pequeno quarto e um banheiro. A sala de estar estava do chão ao teto repleta de móveis tapeçados grandes demais para o cômodo, então transitar por ali dava a sensação de tropeçar o tempo todo em retratos de moças flanando pelos jardins de Versalhes. O único quadro era a ampliação exagerada de uma fotografia que parecia mostrar uma galinha sobre uma rocha embaçada. Se visto a certa distância, contudo, a galinha adquiria os contornos de uma boina, revelando o semblante de uma velha senhora gorducha que se projetava sobre a sala. Diversos exemplares da *Town Tattle* estavam sobre a mesa ao lado de um exemplar do livro *Simon Called Peter* e algumas revistas de fofoca da Broadway. O cachorro era a principal preocupação da sra. Wilson. Um ascensorista relutante trouxe uma caixa cheia de palha e um pouco de leite, e por iniciativa própria incluiu no conjunto uma lata de biscoitos caninos grandes e duros — um deles foi mergulhado no pires de leite, onde se decompôs com apatia ao longo da tarde inteira. No meio-tempo, Tom retirou uma garrafa de uísque de uma cômoda trancada a chave.

Eu me embriaguei apenas duas vezes na vida, e a segunda foi naquela tarde; por isso todos os acontecimentos estão envolvidos por uma névoa, uma sombra turva, embora a luz clara do sol banhasse o apartamento mesmo após as oito. Sentada no colo de Tom, a sra. Wilson telefonou para diversas pessoas; então os cigarros acabaram e saí para comprar mais em uma lojinha na esquina. Quando voltei eles haviam desaparecido, então me sentei discretamente na sala de estar e li um capítulo de *Simon Called Peter* — o texto era terrível ou o uísque distorceu as coisas, porque para mim aquilo não fazia nenhum sentido.

Assim que Tom e Myrtle (após o primeiro drinque, eu e a sra. Wilson passamos a nos tratar pelo primeiro nome) ressurgiram, novas companhias foram chegando ao apartamento.

A irmã, Catherine, era uma garota esbelta e cosmopolita de uns trinta anos, cabelos ruivos curtos e lambidos e rosto coberto de pó de arroz. Suas sobrancelhas haviam sido removidas e posteriormente redesenhadas em um ângulo mais ousado, mas os esforços da natureza para restaurar o antigo alinhamento davam a leve impressão de que seu rosto estava desfocado. Quando se mexia, ouviam-se estalidos incessantes de seus diversos braceletes de porcelana que retiniam para cima e para baixo em seus braços. Ela entrou ali com tanto ímpeto e familiaridade e olhou para a mobília com ar tão possessivo que me deu a impressão de que morava ali. Mas ao lhe perguntar, Catherine riu descomedidamente, repetiu a minha pergunta em voz alta e então disse que morava com uma amiga em um hotel.

O sr. McKee era um homem pálido e feminino que morava no apartamento de baixo. Acabara de se barbear, pois havia um ponto branco de espuma em sua bochecha, e ele cumprimentou todos no recinto com o máximo respeito. Informou-me de que atuava no "ramo das artes", e mais tarde escutei que ele era fotógrafo e a ampliação turva da mãe da sra. Wilson que pairava na parede feito um ectoplasma era obra sua. Sua esposa era lânguida, estridente, bonita e terrível. Ela me contou orgulhosa que o marido a havia fotografado cento e vinte e sete vezes desde seu casamento.

A sra. Wilson tinha trocado seus trajes algum tempo antes, e agora usava um elaborado vestido de noite de *chiffon* creme que emitia um rumorejo contínuo conforme ela deambulava pela sala. Por influência do vestido, sua personalidade também havia se transformado. A intensa vitalidade que tanto me marcara na oficina deu lugar a um assombroso esnobismo. A afetação de sua risada, de seus gestos e de suas asserções crescia violentamente a cada instante, e conforme ela se expandia, o ambiente se apequenava ao seu redor, até o ponto em que ela parecia girar sobre um eixo que rangia em meio à atmosfera esfumaçada.

— Minha querida — ela disse à irmã com um grito agudo e amaneirado —, a maioria das pessoas trairá você o tempo todo. Elas só pensam em dinheiro. Semana passada uma mulher veio aqui examinar os meus pés e quando me entregou a conta pareceu que tinha me curado de uma apendicite.

— Como essa mulher se chamava? — quis saber a sra. McKee.

— Senhora Eberhardt. Ela anda por aí de casa em casa examinando os pés das pessoas.

— Gostei do seu vestido — comentou a sra. McKee. — Achei uma graça.

A sra. Wilson recusou o elogio com um arqueio desdenhoso de sobrancelha.

— É só um trapo velho estapafúrdio — disse. — Visto-o de vez em quando, em momentos em que não estou preocupada com minha aparência.

— Mas fica maravilhoso em você, se é que me entende — insistiu a sra. McKee. — Se Chester pudesse fotografá-la nessa pose acho que o resultado poderia ser bom.

Todos olhamos em silêncio para a sra. Wilson, que tirou uma mecha de cabelo da frente dos olhos e nos fitou com um sorriso radiante. O sr. McKee observou-a atentamente com a cabeça inclinada para um lado, e então moveu a mão para a frente e para trás devagarinho diante do próprio rosto.

— Eu deveria mudar a iluminação — ele disse após um instante. — Gostaria de salientar o contorno de suas feições. E tentaria captar todo o volume do cabelo.

— Eu nem cogitaria mexer na luz — bradou a sra. McKee. — Eu acho que...

Seu marido disse "Shh!" e todos voltamos a admirar a modelo, até que Tom Buchanan bocejou em alto e bom som e se levantou.

— Senhor e senhora McKee, peguem algo para beber — disse. — Traga mais gelo e água mineral, Myrtle, antes que todos peguem no sono.

— Pedi gelo para aquele rapaz. — Myrtle ergueu as sobrancelhas em desespero pela indolência dos empregados. — Essa gentinha! Temos que ficar em cima deles o tempo todo.

Ela olhou para mim e riu sem motivo. Então saracoteou até o cachorro, beijou-o extasiada e partiu para a cozinha, e seus modos sugeriam que uma dúzia de cozinheiros esperava por suas ordens ali dentro.

— Fiz umas coisinhas bem legais em Long Island — afirmou o sr. McKee.

Tom olhou para ele inexpressivo.

— Dois estão emoldurados lá embaixo em nosso apartamento.

— Dois o quê? — inquiriu Tom.

— Dois estudos. Chamo um deles de "Montauk Point — As gaivotas", e o outro de "Montauk Point — O mar".

A irmã Catherine se sentou ao meu lado no sofá.

— Você também mora em Long Island? — indagou.

— Moro no West Egg.

— Sério? Fui a uma festa lá cerca de um mês atrás. Na casa de um tal de Gatsby. Conhece ele?

— Somos vizinhos de porta.

— Pois é, dizem que ele é sobrinho ou primo do Kaiser Guilherme. É daí que vem todo aquele dinheiro.

— Sério?

Ela assentiu.

— Tenho medo dele. Detestaria ganhar sua antipatia.

Essa interessante conversa sobre meu vizinho foi interrompida quando a sra. McKee comentou de repente com Catherine:

— Chester, acho que você poderia fazer alguma coisa com *ela* — arriscou a sra. McKee, mas o marido se limitou a assentir em uma demonstração de tédio e voltou sua atenção para Tom.

— Eu adoraria fazer mais trabalhos em Long Island, mas me falta uma porta de entrada. Só precisava que me dessem uma brecha.

— Peça para Myrtle — disse Tom, caindo na gargalhada quase aos berros enquanto a sra. Wilson chegava com uma bandeja. — Ela pode te escrever uma carta de apresentação, não é, Myrtle?

— Fazer o quê? — ela perguntou, pega de surpresa.

— Você pode escrever uma carta apresentando McKee ao seu marido, para que possa elaborar alguns estudos sobre ele.

Seus lábios se mexeram em silêncio enquanto inventava.

— "George B. Wilson na Bomba de Gasolina" ou algo do tipo.

Catherine inclinou-se para perto de mim e sussurrou em meu ouvido:

— Nenhum dos dois aguenta o próprio cônjuge.

— Não aguentam?

— Não os *suportam*. — Ela olhou para Myrtle e então para Tom antes de continuar. — Penso o seguinte: por que continuar vivendo com eles se não os suportam? Se fosse eles, pediria o divórcio e me casaria com o outro logo em seguida.

— Ela também não gosta de Wilson?

Essa pergunta ganhou uma resposta inesperada. Ela veio de Myrtle, que escutara a pergunta por acidente, e foi violenta e obscena.

— Está vendo? — bradou Catherine triunfante. Voltou a falar baixo. — O que impede os dois de ficarem juntos é a esposa dele. Ela é católica e os católicos são contrários ao divórcio.

Daisy não era católica, e fiquei um pouco chocado com o nível de elaboração daquela mentira.

— Quando eles se casarem — continuou Catherine —, vão morar no Oeste por um tempo até as coisas se acalmarem.

— Seria mais discreto ir à Europa.

— Ah, você gosta da Europa? — ela exclamou surpresa. — Acabei de voltar de Monte Carlo.

— Veja só.

— Ano passado. Fui para lá com uma amiga.

— Ficou muito tempo?

— Não, só fomos a Monte Carlo e voltamos. Também passamos por Marselha. Tínhamos mais de mil e duzentos dólares quando começamos, mas fomos passadas para trás e perdemos tudo em dois dias nas salas de jogos. A volta foi horrível, acredite. Meu Deus, como odiei aquela cidade!

O sol do fim de tarde desabrochou do outro lado da janela e assumiu por um instante o tom de mel azulado das águas do Mediterrâneo — mas logo fui chamado de volta à realidade pela voz estridente da sra. McKee.

— Eu também quase cometi um erro — declarou enérgica. — Quase me casei com um judeuzinho que passou anos atrás de mim. Eu sabia que não estava à minha altura. Todo mundo me dizia: "Lucille, este homem não chega nem aos seus pés!". Mas se não tivesse conhecido Chester, ele certamente teria me fisgado.

— Sim, mas escute — disse Myrtle Wilson, balançando a cabeça para cima e para baixo —, ao menos você não se casou com ele.

— Eu sei que não.

— Bem, eu me casei com ele — continuou Myrtle, ambígua. — Eis a diferença entre o seu caso e o meu.

— Por que fez isso, Myrtle? — questionou Catherine. — Ninguém a forçou.

Myrtle ponderou.

— Me casei com ele porque pensei que fosse um cavalheiro — disse por fim. — Pensei que tinha alguma classe, mas não era digno nem de lamber a sola do meu sapato.

— Por um tempo você foi louca por ele — falou Catherine.

— Louca por ele! — guinchou Myrtle, incrédula. — Quem disse que eu era louca por ele? Nunca fui mais louca por ele do que sou por este homem aqui.

Ela apontou para mim sem aviso, e todos me lançaram olhares acusadores. Tentei demonstrar em meu semblante que eu não desejava qualquer afeto de Myrtle.

— O único momento em que estive *louca* foi quando me casei com ele. Percebi já de cara que tinha cometido um erro. Ele pegou emprestado o melhor terno de alguém para o nosso casamento e nem sequer me contou, aí um dia o dono veio atrás do traje quando ele não estava em casa.

Ela olhou ao redor para ver se todos a escutavam.

— "Ah, esse terno é seu?", perguntei. "Só fiquei sabendo disso agora." Mas devolvi a roupa, deitei-me e passei o resto da tarde me acabando de tanto chorar.

— Ela devia mesmo ter fugido dele — Catherine resumiu para mim. — Eles moram naquela oficina há onze anos. Tom foi o primeiro namoradinho que ela arranjou.

Agora a garrafa de uísque — a segunda — era solicitada constantemente por todos que ali estavam, à exceção de Catherine, que "já se sentia bem sem beber nada". Tom tocou a campainha do zelador e pediu que ele buscasse uns sanduíches famosos na região por serem refeições completas por si só. Eu queria sair e caminhar na direção leste até o parque à luz suave do crepúsculo, mas cada vez que tentava partir acabava me envolvendo em algum debate exaltado e estridente que me prendia outra vez à cadeira, como se estivesse amarrado por cordas. Mesmo tão acima do nível da rua a nossa fileira de janelas amarelas deve ter contribuído com sua parcela de mistério humano para um observador ocasional nas ruas já escurecidas, e eu também o vi, olhando para cima e fantasiando. Eu estava dentro e fora, ao mesmo tempo encantado e repelido pela inexaurível diversidade da vida.

Myrtle puxou sua cadeira para perto da minha, e de repente seu hálito quente despejou sobre mim a história de seu primeiro encontro com Tom.

— Foi naqueles dois pequenos assentos que ficam de frente um para o outro e cujos ocupantes são sempre os últimos a descer do trem. Eu estava vindo para Nova York visitar a minha irmã e passaria a noite aqui. Tom estava de terno e calçava sapatos lustrosos; eu não conseguia tirar os olhos dele, mas quando ele olhava para mim eu fingia observar o anúncio publicitário acima de sua cabeça. Quando chegamos à estação Tom se pôs ao meu lado, e senti como pressionava sua camisa branca contra meu braço, e então eu disse que precisaria chamar a polícia, mas ele sabia que era mentira. Estava tão excitada que entramos juntos em um táxi e eu mal compreendi que não estava entrando no metrô. Esse tempo todo meu único pensamento era: "Não se vive para sempre, não se vive para sempre".

Ela se virou para a sra. McKee e a sala retiniu com sua risada artificial.

— Minha querida — ela exclamou —, vou te dar este vestido assim que tirar. Preciso comprar outro amanhã. Vou fazer uma lista de todas as coisas de que preciso. Uma massagem, bobes, uma coleira para o cachorro, um daqueles cinzeirinhos de mola graciosos e uma coroa de flores com laço de seda preta para o túmulo de mamãe que dure o verão inteiro. Preciso fazer uma lista para não me esquecer de tudo o que preciso fazer.

Eram nove da noite — quase imediatamente depois olhei para o relógio e descobri que já eram dez. O sr. McKee dormia em uma cadeira com os punhos cerrados no colo, como a fotografia de um homem de ação. Saquei meu lenço e limpei de sua bochecha os resquícios de espuma de barbear seca que haviam me preocupado durante a tarde inteira.

O cãozinho estava sentado sobre a mesa e nos fitava através da fumaça com os olhos embotados, grunhindo baixinho de tempos em tempos. As pessoas desapareciam, reapareciam, faziam planos de ir para algum lugar e depois se perdiam umas das outras, procuravam umas às outras, encontravam umas às outras a poucos metros de distância. Por volta da meia-noite Tom Buchanan e a sra. Wilson se encararam frente a frente e discutiram, em tom exaltado, se a sra. Wilson sequer tinha o direito de mencionar o nome de Daisy.

— Daisy! Daisy! Daisy! — gritou a sra. Wilson. — Digo o nome dela quando bem entender! Daisy! Dai...

Com um gesto rápido e hábil, Tom Buchanan quebrou o nariz dela com a palma estendida.

Em seguida havia toalhas ensanguentadas pelo piso do banheiro e reprimendas de vozes femininas, e erguendo-se acima de toda a confusão ressoava um longo e sofrido lamento de dor. O sr. McKee acordou de seu torpor e avançou atordoado em direção à porta. Quando já se encontrava na metade do caminho, ele se virou e observou a cena — sua esposa e Catherine repreendendo e consolando enquanto tropeçavam aqui e ali em meio àquele excesso de mobília com artigos de primeiros-socorros em mãos, e uma silhueta desesperada sangrando profusamente no sofá enquanto tentava cobrir com um exemplar da *Town Tattle* as tapeçarias com imagens de Versalhes. Então o sr. McKee se virou e seguiu porta afora. Peguei meu chapéu no cabideiro e fui atrás dele.

— Venha almoçar conosco um dia desses — ele sugeriu enquanto descíamos no elevador ruidoso.

— Onde?

— Em qualquer lugar.

— Tire as mãos da alavanca — repreendeu o ascensorista com rispidez.

— Peço-lhe desculpas — disse o sr. McKee com dignidade. — Não percebi que estava encostando.

— Está bem — concordei. — Será um prazer.

... Eu estava de pé ao lado de sua cama e ele estava sentado em meio aos lençóis, só de cueca, com um belo portfólio de fotos nas mãos.

– A Bela e a Fera... Solidão... Velho cavalo da carruagem de doces... Ponte do Brooklyn......

E então eu estava deitado semiadormecido no gélido andar inferior da Pennsylvania Station, fitando a edição matinal do *Tribune* enquanto esperava o trem das quatro.

Havia música na casa de meu vizinho durante as noites de verão. Em seus jardins azuis, homens e moças chegavam e partiam feito mariposas em meio aos sussurros, ao champanhe e às estrelas. Nas tardes de maré alta eu observava seus convidados mergulharem da torre de seu iate, ou tomarem sol na areia quente de sua praia particular enquanto seus dois barcos a motor cortavam as águas do estreito e conduziam esquis aquáticos em meio a cataratas de espuma. Nos finais de semana seu Rolls-Royce se transformava em ônibus, trazendo e levando grupos de e para a cidade desde as nove da manhã até bem passada a meia-noite; enquanto sua caminhonete galopava feito um frenético inseto amarelo para recepcionar todos os trens. E às segundas-feiras, oito empregados, incluindo um segundo jardineiro, labutavam o dia todo com esfregões, escovas, martelos e apetrechos de jardim para consertar a destruição da noite anterior.

Todas as sextas-feiras chegavam cinco caixas de laranjas e limões de um fruticultor de Nova York — todas as segundas-feiras aquelas mesmas laranjas e limões saíam pela porta dos fundos em uma pirâmide de restos sem polpa. Havia uma máquina na cozinha capaz de extrair o suco de duzentas laranjas em meia hora, contanto que um botãozinho fosse apertado duzentas vezes pelo dedão de um mordomo.

Ao menos uma vez a cada quinze dias um grupo de fornecedores trazia muitas dezenas de metros de lona e tintas coloridas suficientes para transformar o imenso jardim de Gatsby em uma árvore de Natal. Nas mesas de bufê, decoradas com deslumbrantes antepastos, pernis assados com especiarias se uniam a saladas em padrão arlequim e folhados de carne de porco e peru tostado dourado. No salão principal havia um bar com uma barra de bronze e um bom estoque de gins e licores, além de bebidas tão antigas que muitas de suas convidadas eram jovens demais para saber o que eram.

Às sete horas a orquestra já chegou — não um mero quinteto de câmara, mas uma seção completa de oboés, trombones, saxofones, violas, cornetas e flautins, e também de naipes altos e baixos de percussão. Os últimos banhistas retornam agora da praia e se vestem no andar de cima; os carros de Nova York estão estacionados em filas quíntuplas na entrada. No salão, nas varandas e nas salas contíguas abundam cores primárias, novos e estranhos penteados e xales jamais sonhados em Castela. O bar se encontra em plena atividade, e rodadas flutuantes de coquetéis permeiam o jardim externo, até que a atmosfera ganha vida com as conversas, risadas, insinuações casuais, apresentações esquecidas no ato e encontros entusiasmados entre mulheres que nunca souberam o nome uma da outra.

As luzes se tornam mais claras conforme a Terra dá as costas para o sol, e agora a orquestra toca uma estridente música de baile e a ópera de vozes atinge uma nota mais alta. Minuto após minuto as risadas vêm à tona com maior facilidade, expelidas prodigiosamente, despejadas em um mundo instigador. Os grupos se reconfiguram com maior agilidade, crescem com as novas chegadas, dissolvem-se e se formam em um piscar de olhos — já há peregrinos, moças confiantes que oscilam de lá para cá entre os homens mais rígidos e estáveis, tornando-se por um breve e eufórico momento o centro das atenções de um grupo para então, motivadas por seu triunfo, deixarem-se levar pela corrente de rostos, vozes e cores sob a luz em constante transformação.

De repente uma dessas ciganas vestidas de opala iridescente apanha no ar um coquetel, vira tudo de um gole para criar coragem e, movendo as mãos à moda de Frisco, dança sozinha sobre o palco de lona. Um silêncio momentâneo; o líder da orquestra altera o ritmo à vontade dela, prestimoso, e então explodem conversas enquanto circula a equivocada notícia de que ela é a substituta de Gilda Gray no musical *Follies*. A festa começou.

Acredito que na primeira noite em que fui à casa de Gatsby eu era um dos poucos presentes que havia sido de fato convidado. As pessoas não eram convidadas — elas iam até lá. Entravam em automóveis que as conduziam até Long Island e de alguma forma acabavam em frente à porta de Gatsby. Uma vez ali eram apresentadas por algum conhecido de Gatsby, e a partir de então ajustavam sua conduta conforme as regras de comportamento geralmente associadas aos parques de diversões. Às vezes chegavam e partiam sem nem sequer encontrar Gatsby: iam até a festa com uma simplicidade de intenções que era por si só seu tíquete de entrada.

Eu fora convidado de fato. Um chofer de uniforme azul-piscina atravessou o meu gramado bem cedo em uma manhã de sábado para entregar-me um bilhete de surpreendente formalidade enviado por seu empregador: Gatsby ficaria imensamente honrado, dizia o recado, se eu comparecesse à sua "festinha" naquela noite. Ele já tinha me visto diversas vezes e havia muito tempo tinha a intenção de me convidar, mas fora impedido de fazê-lo por uma combinação peculiar de circunstâncias — assinado Jay Gatsby, em majestosa caligrafia.

Vestindo um traje branco de flanela, cruzei o seu gramado pouco depois das sete e perambulei pouco à vontade entre turbilhões e redemoinhos de gente que eu não conhecia, embora reconhecesse aqui e ali algum rosto do trem. Logo de imediato fiquei surpreso com o número de jovens ingleses ali presentes, todos bem-vestidos, aparentando certa voracidade e conversando com voz grave e decidida com americanos prósperos e bem estabelecidos. Eu podia jurar que vendiam alguma coisa: títulos, seguros ou automóveis. No mínimo tinham a angustiante certeza de estarem rodeados de dinheiro fácil e sentiam-se muito capazes de conquistá-lo com algumas poucas palavras proferidas no tom certo.

Tentei encontrar meu anfitrião assim que cheguei, mas as duas ou três pessoas a quem perguntei sobre seu paradeiro me olharam com tamanho espanto, e negaram com tanta veemência disporem de qualquer informação sobre seus passos que acabei me esgueirando em direção à mesa de bebidas — o único ponto do jardim onde um homem podia permanecer sozinho sem parecer solitário e à deriva.

Eu já estava disposto a me embriagar por puro constrangimento quando Jordan Baker saiu da casa e parou no topo da escada de mármore, inclinando-se de leve para trás e escrutinando o jardim com desdenhoso interesse.

Bem-vindo ou não, julguei necessário me juntar a alguém para não precisar apelar para comentários cordiais dirigidos ao primeiro que passasse na minha frente.

— Olá! — bradei, avançando na direção dela. Minha voz ressoou pelo jardim com um volume que pareceu artificial.

— Achei que talvez o encontrasse aqui — ela respondeu distraída quando cheguei ali. — Lembrei que você morava ao lado do...

A srta. Baker segurou a minha mão de modo impessoal, como se prometesse cuidar de mim dentro de um instante, e se voltou para duas garotas em vestidos amarelos idênticos que se detiveram no pé da escada.

— Olá! — disseram em uníssono. — Que pena que você não ganhou.

Elas se referiam ao torneio de golfe. Jordan havia perdido a final na semana anterior.

— Você não nos conhece — disse uma das garotas de amarelo —, mas encontramos você aqui há mais ou menos um mês.

— Vocês tingiram o cabelo de lá para cá — observou Jordan, e fiz menção de deixá-las a sós, mas as garotas já haviam saído de cena sem maior alvoroço. A única a ouvir seu comentário foi a lua prematura, sem dúvidas oferecida pelo mesmo fornecedor da comida.

Jordan repousou o braço esbelto e bronzeado sobre o meu, e descemos juntos a escada para circularmos pelo jardim. Uma bandeja de bebidas avançou em nossa direção através do crepúsculo, e nos sentamos à mesa com as duas garotas de amarelo e três homens, cada um apresentado a nós como sr. Grunhido.

— Você vem sempre a essas festas? — Jordan perguntou à garota ao seu lado.

— A última vez foi quando nos encontramos — respondeu a garota com voz alerta e segura. Ela se virou para a acompanhante: — Foi a sua também, Lucille?

A de Lucille também.

— Gosto de vir aqui — disse Lucille. — Nunca ligo muito para o que eu faço, então sempre me divirto. Na última vez, rasguei meu vestido em uma cadeira, e ele perguntou o meu nome e endereço. Uma semana depois recebi um pacote da Croirier's com um novo vestido de festa.

— Você ficou com ele? — perguntou Jordan.

— Claro que sim. Ia vesti-lo esta noite, mas o busto era muito grande e foi preciso ajustar. Era azul real com detalhes em lavanda. Duzentos e sessenta e cinco dólares.

— Há algo de esquisito num homem que faz algo assim — comentou a outra garota com avidez. — Ele não quer arrumar encrenca com *ninguém*.

— A quem você se refere? — perguntei.

— Gatsby. Ouvi dizer...

As duas garotas e Jordan se inclinaram entre si formando uma roda com ar de confidencialidade.

— Me disseram que acham que certa vez ele matou um homem.

Todos sentimos um arrepio. Os três sr. Grunhido se curvaram para a frente e escutaram com atenção.

— Não acho que seja bem *isso* — argumentou Lucille, cética. — O que parece é que ele foi um espião dos alemães durante a guerra.

Um dos homens assentiu em concordância.

— Ouvi isso de um homem que cresceu com ele na Alemanha e sabia tudo a seu respeito; ele nos garantiu com total certeza.

— Ah, não — disse a primeira garota. — Não pode ser, porque ele lutou no exército estadunidense durante a guerra.

Ela se entusiasmou com a reconquista de nossa credulidade e se inclinou à frente com entusiasmo.

— Espiem só quando ele achar que ninguém está olhando. Aposto que ele matou um homem.

Ela apertou os olhos e estremeceu. Lucille estremeceu. Todos nos viramos e procuramos Gatsby ao nosso redor. A maior prova de sua capacidade de instigar especulações românticas eram os sussurros trocados entre aqueles que raramente em suas vidas julgavam necessário sussurrar sobre o assunto que fosse.

A primeira refeição (haveria outra depois da meia-noite) estava sendo servida, e Jordan me convidou para sentar com seu grupo, que estava espalhado em torno de uma mesa no lado oposto do jardim. Havia três casais além do acompanhante de Jordan, um universitário insistente e afeito a insinuações explícitas, obviamente achando que Jordan fosse ceder em maior ou menor grau para ele. Em vez de se entregar a digressões, esse grupo havia conservado uma digna homogeneidade, assumindo para si a função de representar a serena nobreza do interior — a condescendência do East Egg para com o West Egg —, em uma vigia cuidadosa contra a alegria espectroscópica do lugar.

— Vamos sair daqui — Jordan sussurrou depois de uma meia hora um tanto improdutiva e inapropriada. — O clima nesta mesa está educado demais para mim.

Levantamo-nos e ela explicou que iríamos atrás do anfitrião; eu ainda não o conhecia, explicou, e a situação estava me deixando desconfortável. O universitário assentiu com um meneio cínico e melancólico.

O bar onde tínhamos nos visto antes estava lotado de gente, mas Gatsby não estava ali. Ela não pôde localizá-lo indo até o topo da escada, e ele tampouco estava na varanda. Pelo sim, pelo não, tentamos abrir uma porta de aspecto importante e adentramos uma biblioteca em estilo gótico, de pé-direito alto e paredes cobertas por painéis entalhados de carvalho, provavelmente trazidos prontos de algum lugar abandonado do outro lado do oceano.

Um homem robusto e um pouco bêbado de meia-idade estava sentado à ponta de uma grande mesa com imensos óculos que o deixavam com cara de coruja, e fitava as estantes de livros com oscilante concentração. À nossa entrada ele se virou e examinou Jordan dos pés à cabeça.

— O que você acha? — perguntou com veemência.

— Do quê?

Ele indicou as estantes com um gesto.

— Disso. Para ser sincero nem precisam se dar ao trabalho de verificar. Já verifiquei. São verdadeiros.

— Os livros?

O homem assentiu.

— Absolutamente verdadeiros; têm páginas e tudo. Achei que fossem de uma cartolina boa e durável. Mas a verdade é que são absolutamente verdadeiros. Páginas e... aqui! Permitam-me mostrar.

Dando por certo o nosso ceticismo, foi depressa até as estantes e voltou com o primeiro volume de *Stoddard Lectures* nas mãos.

— Vejam! — exclamou triunfante. — Eis um legítimo exemplar de material impresso. Enganou-me direitinho. Estamos diante de um legítimo Belasco. Um triunfo. Quanto esmero! Quanto realismo! Também soube quando parar, não cortou as páginas. Mas o que vocês queriam? O que esperavam?

Ele arrebatou o livro de minhas mãos e guardou-o depressa em seu lugar na estante, murmurando que se um único tijolo fosse removido toda a biblioteca corria o risco de vir ao chão.

— Quem trouxe vocês? — inquiriu. — Ou vieram por conta? Eu fui trazido. A maioria das pessoas veio trazida.

Jordan olhou para o homem com atenção, alegremente, sem responder.

— Fui trazido por uma mulher chamada Roosevelt — ele prosseguiu. — Senhora Claud Roosevelt. Vocês a conhecem? A conheci em algum lugar ontem à noite. Já estou bêbado há mais ou menos uma semana, e achei que se ficasse sentado por um tempo em uma biblioteca isso me ajudaria a ficar sóbrio.

— E ajudou?

— Um pouco, acho. Ainda não sei ao certo. Estou aqui há apenas uma hora. Cheguei a comentar com vocês sobre os livros? Eles são reais. Eles são...

— O senhor comentou.

Trocamos apertos de mão muito solenes e deixamos a biblioteca.

Agora havia dança sobre a lona do jardim, homens velhos lançando jovens moças para trás em intermináveis círculos desprovidos de graça, casais de melhores dançarinos abraçando-se sinuosos e elegantes, mantendo-se sempre nas extremidades da pista — e um grande número de garotas solteiras dançando sozinhas ou aliviando por um instante a orquestra do fardo do banjo ou da percussão. Por volta da meia-noite o clima de euforia tinha se intensificado. Um famoso tenor cantara uma peça em italiano e uma renomada contralto apresentara um número de jazz; entre uma música e outra as pessoas executavam seus próprios "números" em todos os cantos do jardim, enquanto o som dos arroubos de risadas apatetadas subia pelo céu de verão. Duas "gêmeas" de palco (por sinal, as moças de amarelo) se fantasiaram para encenar um esquete, e o champanhe era servido em taças maiores que tigelas de dedos. A lua se elevara ainda mais no céu, e um triângulo de escamas prateadas flutuava sobre o estreito, chacoalhando de leve ao som rígido e diminuto dos banjos no gramado.

Eu ainda estava com Jordan Baker. Estávamos sentados à mesa com um homem mais ou menos da minha idade e uma jovem arruaceira que respondia aos menores estímulos com acessos incontroláveis de riso. Agora eu me divertia. Havia tomado duas tigelas de champanhe, e a cena tinha se transformado bem diante de meus olhos, tornando-se significativa, essencial e profunda.

Durante uma pausa das atrações, o homem olhou para mim e sorriu.

— Seu rosto me é familiar — disse, educado. — Você não serviu na Primeira Divisão durante a guerra?

— Ora, sim. Servi no Vigésimo Oitavo Batalhão de Artilharia.

— Eu fui do Décimo Sexto até junho de 18. Sabia que já tinha te visto em algum lugar antes.

Conversamos por algum tempo sobre vilarejos úmidos e cinzentos da França. Ele, sem dúvidas, morava na vizinhança, pois me disse que havia acabado de comprar um hidroplano e ia testá-lo na manhã seguinte.

— Quer vir comigo, meu velho? Um passeio para percorrer a costa ao longo do estreito.

— A que horas?

— Na hora que for melhor para você.

Eu não sabia o nome dele e a pergunta já estava na ponta da minha língua quando Jordan olhou ao redor e sorriu.

— Agora você está se divertindo? — perguntou.

— Muito mais. — Voltei-me para o meu novo conhecido. — Essa festa é bem atípica para mim. Nem sequer vi o anfitrião. Eu moro ali...

Indiquei com um gesto a cerca invisível à distância.

— E esse tal de Gatsby me enviou um convite pelo seu chofer.

Ele olhou para mim por um instante como se não conseguisse compreender.

— Eu sou Gatsby — ele disse de repente.

— Nossa! — exclamei. — Ah, peço desculpas.

— Achei que você soubesse, meu velho. Temo não ter sido um bom anfitrião.

Ele abriu um sorriso compreensivo — muito mais do que compreensivo. Era um desses raros sorrisos que transmitem uma eterna sensação reconfortante, sorrisos com os quais deparamos apenas umas quatro ou cinco vezes na vida. Ele avaliava — ou parecia avaliar — todo o mundo externo por um instante antes de se concentrar em *você* com uma irresistível predileção em seu favor. Compreendia-o apenas na medida em que você desejava ser compreendido, acreditava em você tanto quanto você gostaria de acreditar em si mesmo e assegurava-o de ter transmitido exatamente a impressão que, em um cenário ideal, você gostaria de transmitir. Neste instante o sorriso desapareceu — e me vi diante de um jovem homem de trinta e um ou trinta e dois anos, rústico e elegante, cuja formalidade ao elaborar sua fala beirava o absurdo. Antes da apresentação eu desconfiara que ele escolhia suas palavras com cuidado.

Pouco depois de o sr. Gatsby ter se identificado, um mordomo se aproximou de nós com urgência para informá-lo sobre um telefonema de Chicago. Ele pediu licença com uma pequena reverência destinada a cada um de nós.

— Se desejar alguma coisa basta pedir, meu velho — me encorajou. — Peço licença. Retomarei sua companhia mais tarde.

Assim que ele partiu me virei para Jordan, coagido a ressaltar minha surpresa. Eu esperava que o sr. Gatsby fosse um homem corado e corpulento de meia-idade.

— Quem é ele? — questionei. — Você sabe?

— É só um homem chamado Gatsby.

— Quero dizer, de onde ele veio? E o que ele faz?

— Já que foi *você* a tocar no assunto — ela respondeu com um sorriso tênue. — Bem... ele me disse uma vez que estudou em Oxford.

Um panorama vago começou a se formar em torno dele antes de se desvanecer com o comentário seguinte.

— Mas eu não acredito nisso.

— Por que não?

— Não sei — Jordan reiterou —, só não acho que ele tenha estudado lá.

Algo no tom dela me lembrou o comentário "aposto que ele matou um homem" proferido pela outra moça, e tudo isso serviu para estimular minha curiosidade. Eu teria aceitado sem questionar se me dissessem que Gatsby brotou dos pântanos da Louisiana ou do Lower East Side em Nova York. Seria compreensível. Mas jovens rapazes não saíam discretamente do nada e compravam palácios no estreito de Long Island, ou ao menos eu assim acreditava em minha inexperiência provinciana.

— O importante é que ele dá grandes festas — disse Jordan, mudando de assunto com seu desinteresse urbano por dados concretos. — E eu adoro grandes festas. São tão íntimas. Nas festas pequenas ninguém tem privacidade.

Ouviu-se o estampido de um bumbo, e a voz do líder da orquestra ressoou de repente sobre a ecolalia do jardim.

— Senhoras e senhores — exclamou. — A pedido do sr. Gatsby tocaremos agora para vocês o trabalho mais recente do sr. Vladimir Tostoff, que atraiu muita atenção no Carnegie Hall em maio passado. Se vocês leem os jornais, sabem que foi uma grande sensação.

Ele sorriu com jovial condescendência e acrescentou "E que sensação!", ao que todos riram.

— A composição se chama — concluiu com lascívia — "A história do mundo ao ritmo do jazz", por Vladimir Tostoff.

A natureza da composição do sr. Tostoff me escapou de todo, pois assim que ela começou meus olhos repousaram sobre Gatsby, que estava sozinho de pé na escadaria de mármore e averiguava cada grupo com olhar de aprovação. Sua pele bronzeada recobria de modo atraente seu rosto e o cabelo parecia ser aparado todos os dias. Eu não via nada de sinistro nele. Perguntei-me se o fato de ele não estar bebendo ajudava a diferenciá-lo dos convidados, pois senti que sua presença se tornava cada vez mais correta conforme a hilaridade fraternal aumentava. Quando "A história do mundo ao ritmo do jazz" chegou ao fim, algumas moças reclinavam a cabeça nos ombros dos homens de modo amigável e infantil, e outras se deixavam cair de costas, brincalhonas, nos braços deles, ou até mesmo de grupos inteiros, na certeza de que alguém impediria sua queda — mas ninguém se deixou cair nos braços de Gatsby, e nenhum corte francês de cabelo tocou seu ombro, e Gatsby tampouco integrou um dos quartetos vocais ali formados.

— Com licença.

O mordomo de Gatsby surgiu de repente ao nosso lado.

— Srta. Baker? — indagou. — Com sua permissão, o sr. Gatsby gostaria de falar com a senhorita a sós.

— Comigo? — exclamou surpresa.

— Sim, madame.

Ela se levantou devagar, arqueando a sobrancelha para mim com espanto, e seguiu o mordomo até a casa. Reparei que Jordan trajava seu vestido de festa, todos os seus vestidos, como se fossem roupas esportivas — seus movimentos eram faceiros como se ela tivesse aprendido a caminhar em campos de golfe durante manhãs frescas e límpidas.

Fiquei sozinho e eram quase duas da manhã. Por um tempo chegaram sons confusos e intrigantes vindos de uma sala ampla e repleta de janelas situada logo acima do terraço. A fim de esquivar-me do universitário de Jordan, que agora estava engajado em uma conversa obstétrica com duas coristas e implorava que eu me juntasse a ele, entrei na casa.

A sala ampla estava cheia de gente. Uma das moças de vestido amarelo tocava piano, e ao seu lado uma jovem alta e de cabelo ruivo, integrante de um coral famoso, interpretava uma canção. Ela havia bebido uma boa quantidade de champanhe, e no curso da música decidira, inoportunamente, que tudo era muito, muito triste — não só cantava, mas também choramingava. Cada silêncio da canção era preenchido por suas arfadas e seus soluços entrecortados, e então a jovem retomava a melodia com um soprano trêmulo. As lágrimas escorriam por suas bochechas — não livremente, contudo, pois ao entrar em contato com os cílios ensopados adquiriam uma cor de tinta, e seguiam o resto do percurso pelo leito de riachos negros e vagarosos. Alguém sugeriu com deboche que ela cantasse as notas em seu rosto, ao que a jovem atirou as mãos para cima, soltou-se em uma cadeira e caiu em um profundo sono etílico.

— Ela brigou com um homem que diz ser seu marido — explicou uma garota atrás de mim.

Olhei ao redor. Agora, a maioria das mulheres remanescentes brigava com homens que se diziam seus maridos. Mesmo o grupo de Jordan, o quarteto do East Egg, se descompusera após discussões. Um dos homens travava uma conversa de curiosa intensidade com uma jovem atriz, e sua esposa, após tentar rir da situação com dignidade e indiferença, perdera qualquer resquício de compostura e passara a atacar pelos flancos — de tempos em tempos ela surgia de repente ao lado dele feito um diamante irritadiço e sibilava: "Você prometeu!" em seu ouvido.

A relutância em voltar para casa não se restringia a homens geniosos. O salão era ocupado, naquele momento, por dois maridos deploravelmente sóbrios e suas indignadíssimas esposas. As esposas se compadeciam uma da outra em um tom um pouco elevado de voz.

— Ele sempre quer ir para casa quando percebe que estou me divertindo.

— Nunca ouvi coisa mais egoísta em toda a minha vida.

— Somos sempre os primeiros a ir embora.

— Nós também.

— Bem, hoje estamos entre os últimos — disse um dos homens, encabulado. — Já faz uma hora e meia que a orquestra foi embora.

Embora as duas esposas concordassem que tamanha malevolência era inconcebível, o impasse chegou ao fim com uma pequena escaramuça, e ambas foram erguidas e carregadas para a noite enquanto desferiam pontapés.

Enquanto esperava por meu chapéu no hall de entrada, a porta da biblioteca se abriu e por ela saíram Jordan Baker e Gatsby. Ele lhe proferia seu comentário final, mas a espontaneidade de seus gestos enrijeceu subitamente, dando lugar à formalidade, quando as pessoas se aproximaram dele para se despedir.

O grupo de Jordan chamava seu nome impacientemente junto ao alpendre, mas ela se demorou mais uns instantes para apertar a minha mão.

— Acabo de ouvir algo inacreditável — ela sussurrou. — Quanto tempo ficamos ali dentro?

— Bem... cerca de uma hora.

— Foi... simplesmente inacreditável — Jordan repetiu, absorta. — Mas jurei que não contaria nada a ninguém e agora aqui estou, te atiçando.

Ela bocejou graciosamente em meu rosto.

— Por favor venha me visitar... lista telefônica... procure pelo nome da sra. Sigourney Howard... é minha tia...

Ela foi saindo às pressas enquanto falava — despediu-se com um aceno garboso de sua mão bronzeada e se reintegrou ao grupo na porta.

Bastante envergonhado por sair tão tarde em minha primeira aparição, juntei-me aos últimos convidados aglomerados em torno de Gatsby. Queria explicar que o havia procurado ainda no início da noite e me desculpar por não tê-lo reconhecido no jardim.

— Nem toque no assunto — instruiu-me com avidez. — Esqueça isso, meu velho.

Tão familiar quanto a sua expressão era seu gesto ao repousar a mão em meu ombro para me reconfortar.

— E não se esqueça de nosso passeio no hidroplano amanhã de manhã, às nove.

Então o mordomo disse às suas costas:

— Telefonema para o senhor, da Filadélfia.

— Está bem, irei em um minuto. Diga a eles que já vou... boa noite.

— Boa noite.

— Boa noite. — Ele sorriu, e de repente me pareceu que ser um dos últimos a partir tinha uma importância agradável, como se o tempo todo fosse esse o desejo dele. — Boa noite, meu velho... boa noite.

Todavia, ao descer as escadas percebi que a noite ainda não chegara ao fim. A uns quinze metros da porta uma dúzia de faróis iluminava uma cena bizarra e tumultuada. Caído na valeta ao lado da estrada, ainda virado para cima, mas com uma roda faltando, via-se um cupê novinho que deixara a casa de Gatsby havia menos de dois minutos. A roda tinha sido arrancada ao colidir com a saliência pontiaguda de um muro, e agora concentrava boa parte da atenção de meia dúzia de motoristas curiosos. No entanto, como eles haviam deixado seus carros bloqueando a via, os reclames ruidosos de contrariedade dos que vinham atrás já se faziam ouvir por um bom tempo, acentuando ainda mais aquela cena de caótica confusão.

Um homem de casaca comprida saíra dos destroços e agora estava parado no meio da estrada, olhando do carro para o pneu e do pneu para os observadores com simpatia e perplexidade.

— Vejam só! — explicou. — Caí na valeta.

O seu espanto diante desse fato era irrestrito, e reconheci esse espanto tão peculiar antes de reconhecê-lo: era o velho na biblioteca de Gatsby.

— Como foi que aconteceu?

Ele encolheu os ombros.

— Não entendo nada de mecânica — respondeu com firmeza.

— Mas como foi que aconteceu? Você bateu no muro?

— Não me pergunte — disse o velho com o óculos olhos-de-coruja, lavando as mãos quanto ao acidente. — Entendo pouco de direção; quase nada. Só sei que aconteceu.

— Bem, se você dirige mal não deveria tentar dirigir à noite.

— Mas eu nem sequer tentei — explicou, indignado. — Eu nem sequer tentei.

Um silencioso embevecimento tomou conta dos presentes.

— Você tentou se suicidar?

— Você teve sorte por só perder uma roda! Dirige mal, e nem sequer *tentou*.

— Vocês não entenderam — continuou o suspeito. — Eu não estava dirigindo. Há outro homem dentro do carro.

O choque que se seguiu a essa declaração ganhou corpo na forma de um "a-a-ah!" contínuo enquanto a porta do cupê se abria devagarinho. A multidão (agora era uma multidão) recuou em um passo involuntário, e quando a porta já estava escancarada houve uma pausa fantasmagórica. Então, muito aos poucos, pedacinho por pedacinho, um sujeito pálido e cambaleante surgiu dos destroços e pisou inseguro no chão com seus grandes e instáveis sapatos de dança.

Cego pelo brilho dos faróis e confuso pelo resmungo incessante das buzinas, a aparição bamboleou por um instante até reparar no homem de casaca.

— Quiqui foi? — ele perguntou, calmo. — Estamos sem gasolina?

— Veja só!

Meia dúzia de dedos apontaram para a roda amputada — o homem olhou para ela durante um instante e depois para cima, como se suspeitasse que ela tivesse caído do céu.

— Ela soltou — esclareceu alguém.

Ele assentiu.

— Nucomeço não percebi qui paramos.

Uma pausa. Então, respirando fundo e endireitando os ombros, o homem observou com determinação em sua voz:

— Por gentilezza poderiam me dizzer onde tem um possto de gasolina?

Pelo menos uma dúzia de homens, alguns quase tão bêbados quanto ele, explicaram que carro e roda já não se encontravam unidos por nenhum vínculo físico.

— Abram espaço — o homem sugeriu após um momento. — Vamos dar ré.

— Mas a *roda* está faltando!

Ele hesitou.

— Não custa tentar — disse.

Os resmungos das buzinas atingiram um crescendo, e me virei de costas para cruzar o gramado em direção à minha casa. Olhei para trás uma vez. Uma hóstia de lua brilhava sobre a casa de Gatsby, tornando a noite tão agradável quanto antes, e sobrevivendo às risadas e aos burburinhos de seu jardim ainda radiante. Agora um vazio repentino parecia emanar das janelas e portões, conferindo à figura do anfitrião um aspecto de total isolamento, de pé sob o alpendre com a mão levantada em um gesto formal de despedida.

Ao ler o que escrevi até aqui, vejo que dei a impressão de que os eventos de três noites separadas entre si por diversas semanas foram as únicas coisas que atraíram minha atenção no período. Pelo contrário, foram apenas eventos casuais em um verão atribulado a que, até muito tempo depois, dediquei infinitamente menos atenção se comparados aos meus afazeres pessoais.

Eu passava a maior parte do tempo trabalhando. No início da manhã o sol projetava minha sombra para o oeste enquanto eu percorria depressa os abismos da baixa Nova York rumo ao Probity Trust. Eu conhecia os demais funcionários e jovens corretores pelo primeiro nome, e almoçava com eles em restaurantes escuros e apinhados de gente onde pedíamos pequenas salsichas de porco, purê de batata e café. Cheguei a ter um caso pouco longevo com uma garota que morava em Jersey e trabalhava no departamento de contabilidade, mas o irmão dela começou a me olhar torto e achei melhor deixar o caso minguar sem estardalhaço quando ela saiu de férias em julho.

Eu costumava jantar no Yale Club (por algum motivo esse era o momento mais triste do meu dia) e depois subia à biblioteca para estudar sobre investimentos e seguros durante uma hora religiosamente. Quase sempre havia pessoas barulhentas por lá, mas como jamais entravam na biblioteca, ali era um bom lugar para o estudo. Mais tarde, se a noite estava agradável, eu descia pela avenida Madison até passar pelo velho Murray Hill Hotel e subia a rua 33 até a Pennsylvania Station.

Comecei a gostar de Nova York, do clima enérgico e aventureiro de suas noites e da satisfação que o vislumbre constante de máquinas, homens e mulheres concede aos olhos inquietos. Gostava de subir a Quinta Avenida e observar as mulheres românticas em meio à multidão para fantasiar que dentro de alguns minutos eu entraria em suas vidas, e ninguém jamais desaprovaria ou tomaria conhecimento disso. Às vezes, em minha mente, eu as seguia até seus apartamentos no cantinho de ruas escondidas, e elas se viravam e sorriam para mim antes de desaparecerem por uma porta e serem tragadas pela cálida escuridão. Às vezes o lusco-fusco encantado da metrópole despertava em mim uma solidão perturbadora, e eu a sentia também nos outros — pobres jovens escreventes que perambulavam diante das janelas à espera do horário de jantarem sozinhos em algum restaurante; jovens escreventes ao crepúsculo, desperdiçando os momentos mais intensos da noite e da vida.

Às oito horas, quando os táxis palpitantes em torno da rua 40 ocupavam cinco pistas escuras em suas viagens para a zona dos teatros, eu sentia outra vez angústia em meu coração. Vultos se aconchegavam uns aos outros dentro dos táxis enquanto esperavam, e vozes cantavam, e havia risadas provocadas por piadas que eu não escutava, e cigarros acesos delineavam gestos ininteligíveis dentro dos veículos. Imaginando que assim como eles eu também seguia apressado em direção à alegria e compartilhava de seu entusiasmo íntimo, eu lhes desejava tudo de bom.

Fiquei um tempo sem ver Jordan Baker, até encontrá-la outra vez em meados do verão. No início ficava lisonjeado ao acompanhá-la em lugares públicos, porque ela era campeã de golfe e todos sabiam seu nome. E então surgiu outra coisa. Eu não estava exatamente apaixonado, mas sentia uma espécie de curiosidade enternecida. A expressão esnobe que Jordan ostentava para o mundo ocultava alguma coisa — a maioria das afetações acaba ocultando alguma coisa, ainda que surjam por outro motivo —, e um dia descobri o que era. Quando estávamos juntos em uma festa em Warwick, ela deixou um carro emprestado estacionado na chuva com a capota abaixada, e depois mentiu sobre isso — e de repente lembrei qual era a história envolvendo seu nome que me escapara aquela noite na casa de Daisy. Em seu primeiro grande torneio de golfe correu um rumor que quase foi parar nos jornais — a insinuação de que Jordan havia corrigido a posição desvantajosa de sua bola durante a disputa da semifinal. O caso tomou as proporções de um escândalo — e então caiu no esquecimento. Um carregador retirou seu depoimento e a única outra testemunha reconheceu que poderia ter se enganado. O nome e o incidente ficaram gravados juntos em minha mente.

Jordan Baker evitava por instinto homens espertos e sagazes, e agora eu entendia que era porque se sentia mais segura em um terreno onde a mínima divergência dos códigos seria considerada impossível. Era irremediavelmente desonesta. Não era capaz de suportar uma posição de desvantagem, e imagino que, em virtude dessa relutância, havia começado a lidar com subterfúgios quando ainda era muito jovem para seguir oferecendo ao mundo aquele sorriso frio e insolente sem deixar de satisfazer as exigências de seu corpo firme e garboso.

Para mim não fazia diferença. Nunca se rechaça a sério a desonestidade de uma mulher — lamentei um pouco, e depois esqueci. Naquela mesma festa, tivemos uma conversa peculiar sobre dirigir automóveis. O assunto começou porque ela passou com o carro tão perto de alguns trabalhadores que nosso para-lamas tocou o botão do casaco de um deles.

— Você é uma péssima motorista — protestei. — Ou você toma mais cuidado, ou é melhor nem dirigir mais.

— Sou cuidadosa.

— Não, não é.

— Bem, as outras pessoas são — Jordan disse com leveza.

— E o que isso tem a ver?

— Elas vão desviar de mim — insistiu. — É preciso dois carros para que haja um acidente.

— Suponhamos que você depare com alguém tão imprudente quanto você.

— Espero que isso nunca aconteça — respondeu. — Detesto gente imprudente. É por isso que gosto de você.

Seus olhos acinzentados e ofuscados pelo sol estavam fixos no caminho à frente, mas ela alterara deliberadamente o status de nossa relação, e por um momento achei que a amava. Mas tenho o raciocínio lento e abrigo um vasto conjunto de regras internas que servem de contrapeso aos meus desejos, e sabia que antes precisava me desemaranhar de uma vez por todas de um caso em minha cidade natal. Escrevia cartas uma vez por semana e assinava "Com amor, Nick", mas só conseguia pensar em como uma certa garota, durante suas partidas de tênis, acumulava um tênue bigode de suor em seu lábio superior. Mas havia um vago entendimento que precisava ser diplomaticamente desfeito antes que eu pudesse me dizer livre.

Todos desconfiam possuir ao menos uma das virtudes essenciais, e eis a minha: sou uma das poucas pessoas honestas que já conheci.

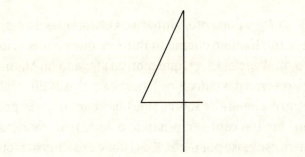

Enquanto os sinos repicavam nos vilarejos ao longo da costa na manhã de domingo, o mundo e suas acompanhantes retornaram à casa de Gatsby e cintilaram alegremente em seu gramado.

— Ele é contrabandista de bebidas — diziam as jovens senhoritas, movendo-se entre os coquetéis e as flores da casa. — Uma vez matou um homem que descobriu que ele era sobrinho de von Hindenburg e primo de segundo grau do diabo. Pegue o *rosé*, querida, e me sirva um último gole naquela taça de cristal.

Certa feita anotei nos espaços em branco de uma tabela de horários de trem os nomes de todos os que apareceram na casa de Gatsby naquele verão. Agora a tabela está velha e a capa está descolando, e a primeira página diz "Horários válidos em 5 de julho de 1922". Mas ainda consigo ler os nomes em cinza e eles lhes darão uma melhor impressão daqueles que aceitavam a hospitalidade de Gatsby e lhe ofereciam em troca a sutil compensação de não saberem nada sobre ele.

Do East Egg, portanto, vinham os Chester Becker, os Leeche, e um homem chamado Bunsen, que conheci em Yale, e o dr. Webster Civet, que morreu afogado no Maine durante o verão passado. E os Hornbeam e os Willie Voltaire, e um clã inteiro de sobrenome Blackbuck que sempre se reunia em um canto empinando o nariz feito cabritos para quem estivesse por perto. E os Ismay e os Chrystie (ou melhor, Hubert Auerbach e a esposa do sr. Chrystie) e Edgar Beaver, cujo cabelo dizem ter ficado branco feito algodão em uma tarde de inverno sem nenhum motivo aparente.

Clarence Endive era do East Egg, pelo que lembro. Apareceu só uma vez, de ceroulas brancas, e brigou com um folgado chamado Etty no jardim. Da parte mais interna da ilha vinham os Cheadle e os O. R. P. Schraeder, e os Stonewall Jackson Abram da Geórgia, e os Fishguard e os Ripley Snell. Snell esteve ali três dias antes de acabar na penitenciária, e se deitou no cascalho da entrada da casa tão ébrio que o automóvel do sr. Ulysses Swett passou por cima de sua mão. Os Dancie também apareceram, assim como S. B. Whitebait, já bem passado dos sessenta, e Maurice A. Flink, e os Hammerhead, e o importador de tabaco Beluga com suas meninas.

Do West Egg vinham os Pole e os Mulready e Cecil Roebuck e Cecil Schoen e o senador Gulick e Newton Orchid, que gerenciava a Films Par Excellence, e Eckhaust e Clyde Cohen e Don S. Schwartz (o filho) e Arthur McCarty, todos ligados de algum modo à indústria cinematográfica. E os Catlip e os Bemberg e G. Earl Muldoon, irmão daquele Muldoon que mais tarde estrangulou a própria esposa. Passou por ali o promotor Da Fontano, e Ed Legros e James B. ("Bebida Barata") Ferret e os De Jong e Ernest Lilly — todos vinham para apostar, e quando Ferret aparecia no jardim era porque já estava liso e, portanto, era bom que as ações da Associated Traction dessem bastante lucro no dia seguinte.

Um tal de Klipspringer comparecia à casa com tanta frequência e se demorava tanto ali que passaram a se referir a ele como "o hóspede" — tenho minhas dúvidas se Klipspringer possuía outro lar. Da classe teatral havia Gus Waize e Horace O'Donavan e Lester Meyer e George Duckweed e Francis Bull. Também de Nova York havia os Chrome e os Backhysson e os Dennicker e os Russel Betty e os Corrigan e os Kelleher e os Dewar e os Scully e S. W. Belcher e os Smirke e os jovens Quinn, hoje divorciados, e Henry L. Palmetto, que se matou ao pular na frente do metrô na Times Square.

Benny McClenahan sempre chegava acompanhado de quatro garotas. Elas nunca eram as mesmas, mas eram tão idênticas entre si que sempre se tinha a impressão de que elas já haviam aparecido ali antes. Esqueci o nome delas — Jaqueline, acho, ou se não Consuela, ou Gloria ou Judy ou June; e seus sobrenomes tinham os nomes melodiosos de flores ou meses ou eram aqueles austeros dos grandes capitalistas estadunidenses de quem, se pressionadas, elas admitiam ser primas.

Afora todos esses consigo lembrar que Faustina O'Brien esteve lá ao menos uma vez, assim como as meninas Baedeker e o jovem Brewer, que levara um tiro no nariz durante a guerra. Também lembro de outros convidados, o sr. Albrucksburger com a srta. Haag, sua noiva, e Ardita

Fitz-Peters e o sr. P. Jewett, antigo líder da Legião Americana, e a srta. Claudia Hip, acompanhada de um homem que diziam ser seu chofer, e um príncipe de qualquer coisa, que tratávamos por duque e cujo nome, se é que um dia cheguei a saber, esqueci.

Todas essas pessoas foram à casa de Gatsby no verão.

Às nove horas de uma manhã no fim de julho, o carro deslumbrante de Gatsby chacoalhou na pedregosa via de acesso de minha residência e proferiu uma melodia explosiva com sua buzina de três notas. Era a primeira vez que me visitava, embora eu houvesse comparecido em duas de suas festas e andado em seu hidroplano e, diante de seus convites insistentes, utilizasse sua praia com frequência.

— Bom dia, meu velho. Como vamos almoçar hoje, me pareceu uma boa ideia irmos juntos.

Ele se equilibrava sobre o para-lama do carro com a desenvoltura de movimentos tão peculiar dos estadunidenses — que deriva, suponho, da ausência de trabalho braçal e, sobretudo, da graça disforme de nossa prática esportiva nervosa e esporádica. Essa característica, sem cessar, invadia com inquietude a meticulosidade de seus gestos. Ele jamais ficava parado de todo; havia sempre um pé trepidante ou o abrir e fechar impaciente de uma mão.

Gatsby reparou que eu olhava admirado para o seu carro.

— É bonito, não é, meu velho? — Ele saltou fora do veículo para que eu pudesse observar melhor. — Você nunca tinha visto?

Eu já tinha visto. Todo mundo já tinha visto. Era de uma tonalidade creme intensa, dotado de um brilho niquelado, e em alguns pontos de seu monstruoso comprimento estavam instalados porta-chapéus, porta-comidas e porta-ferramentas; no topo havia um labirinto de para-brisas que refletiam uma dúzia de sóis. Sentados abaixo de muitas camadas de vidro e sob a capota de uma espécie de couro verde, arrancamos em direção à cidade.

Havíamos conversado mais ou menos meia dúzia de vezes durante o mês anterior e descobri, para minha decepção, que Gatsby pouco tinha a dizer. Portanto, minha primeira impressão de que ele era alguém dotado de abstrata influência havia desaparecido pouco a pouco, reduzindo-o meramente ao proprietário da requintada mansão vizinha à minha residência.

E então veio aquela carona desconcertante. Nem havíamos alcançado o West Egg quando Gatsby começou a abandonar suas frases elegantes pela metade e a dar tapinhas indecisos no joelho de seu terno caramelo.

— Escute aqui, meu velho — ele falou de supetão. — Afinal, qual é a sua opinião a meu respeito?

Um pouco desarmado, comecei a proferir as evasivas generalistas que uma pergunta assim merece.

— Bem, vou lhe contar um episódio de minha vida — Gatsby interrompeu. — Não quero que você fique com uma impressão equivocada a meu respeito, com todas essas histórias que ouve por aí.

Portanto ele estava ciente das acusações bizarras que temperavam as conversas em sua mansão.

— Por Deus que lhe direi apenas a verdade. — Ergueu de repente a mão direita, submetendo-se ao juízo divino. — Sou filho de gente rica que vivia no Meio-Oeste; todos os meus parentes já morreram. Fui criado nos Estados Unidos, mas estudei em Oxford porque todos os meus ancestrais haviam estudado lá. É uma tradição de família.

Gatsby me olhou de soslaio — e entendi na hora por que Jordan Baker achava que isso era mentira. Ele apressava a oração "estudei em Oxford", ou a engolia na metade, ou se engasgava com ela como se isso já houvesse lhe incomodado. E com a hesitação todo o seu depoimento ruía por terra, e me perguntei se afinal de contas ele não tinha mesmo algo de sinistro.

— Que lugar do Meio-Oeste? — perguntei casualmente.

— San Francisco.

— Entendi.

— Toda a minha família morreu e eu herdei uma boa quantia de dinheiro.

Seu tom de voz era solene, como se a memória da extinção repentina de seu clã ainda o assombrasse. Por um momento suspeitei que Gatsby estava me sacaneando, mas uma análise rápida de seu rosto me convenceu do contrário.

— Depois disso vivi como um jovem marajá nas capitais europeias, Paris, Veneza, Roma. Passei meus dias colecionando joias, principalmente rubis, caçando grandes presas, pintando um pouco, fazendo coisas só para mim e tentando me esquecer de algo muito triste que me aconteceu muito tempo atrás.

Não sem esforço consegui conter uma risada incrédula. As frases em si eram tão batidas que evocavam somente a imagem de um "personagem" de turbante exalando serragem por todos os poros enquanto perseguia um tigre pelo Bois de Boulogne.

— Então veio a guerra, meu velho. Foi um grande alívio e fiz um grande esforço para morrer, mas minha vida parecia sob algum feitiço. Aceitei um posto de primeiro-tenente logo de início. Na Floresta de Argonne, reuni os homens remanescentes de meu batalhão e conseguimos avançar tanto que um vão de oitocentos metros se formou de cada lado, pelo qual a infantaria não conseguia avançar. Passamos dois dias e duas noites ali, cento e trinta homens com dezesseis metralhadoras Lewis, e quando enfim chegou a infantaria ela deparou com as insígnias de três destacamentos alemães em meio às pilhas de mortos. Fui promovido a major, e todos os governos aliados me deram uma condecoração; até Montenegro, a pequena Montenegro em pleno mar Adriático!

Pequena Montenegro! Ele enfatizou essas palavras e assentiu — com um sorriso. O sorriso abarcava toda a tumultuada história de Montenegro e demonstrava empatia pelos bravos esforços do povo montenegrino. Reconhecia em sua plenitude a sequência de circunstâncias nacionais que havia eliciado aquele tributo ao cálido e pequeno coração de Montenegro. Agora minha incredulidade se convertera em fascínio; era como se eu folheasse avidamente uma dúzia de revistas ao mesmo tempo.

Gatsby procurou algo no bolso e um pedaço de metal, preso a um lacinho, caiu na palma de minha mão.

— Essa é a de Montenegro.

Para minha perplexidade, o objeto parecia autêntico. *Orderi di Danilo*, dizia a legenda circular, *Montenegro, Nicolas Rex*.

— Vire.

Major Jay Gatsby, li, *Por Extraordinário Heroísmo*.

— Essa é outra coisa que trago sempre comigo. Uma lembrança dos tempos de Oxford. Foi tirada em Trinity Quad, o homem à minha esquerda hoje é conde de Doncaster.

Era uma fotografia de meia dúzia de homens jovens de blazer confraternizando sob um arco ao fundo do qual se via um conjunto de pináculos. Ali estava Gatsby, com aparência um pouco (não muito) mais jovem e um taco de críquete em mãos.

Então era tudo verdade. Vi os pelegos de tigre expostos em seu palácio no Grand Canal; vi-o abrindo um baú de rubis para aliviar, com a luz carmim de suas profundezas, os remordimentos de seu coração partido.

— Hoje eu lhe pedirei um grande favor — ele disse, embolsando seus suvenires com satisfação —, e por isso me pareceu adequado contar um pouco de minha história. Não queria que você pensasse que sou um zé-ninguém. Sabe, costumo estar sempre cercado de estranhos porque ando por aí à deriva para tentar esquecer todas as coisas tristes que me aconteceram. — Gatsby hesitou. — À tarde você saberá de tudo.

— No almoço?

— Não, à tarde. Fiquei sabendo por acaso que você tomará um chá com a srta. Baker.

— Quer dizer que você está apaixonado pela srta. Baker?
— Não, meu velho, não estou. Mas a srta. Baker gentilmente aceitou conversar com você sobre este assunto.

Não tinha a menor ideia de qual seria "este assunto", mas meu incômodo era maior que meu interesse. Não havia convidado Jordan para o chá para conversarmos sobre o sr. Jay Gatsby. Tinha certeza de que o pedido seria algo totalmente fantasioso, e por um momento me arrependi de um dia ter posto o pé em seu gramado superpovoado.

Ele não disse mais nada. Sua justeza ganhou força conforme nos aproximávamos da cidade. Havíamos deixado para trás Port Roosevelt, onde vislumbramos as linhas vermelhas dos transatlânticos, e percorrido os cortiços pavimentados que envelopavam os botequins escuros e sempre cheios construídos nos desvanecidos tempos áureos dos anos 1900. Então o vale das cinzas se abriu para nós de ambos os lados, e enquanto passávamos por ali vislumbrei a sra. Wilson manuseando a bomba de gasolina com ofegante vitalidade.

Nossos para-lamas espraiados feito asas lançavam luz sobre metade de Astoria — só metade, pois enquanto fazíamos o retorno junto aos pilares do viaduto escutei o familiar "truf-truf-*spoft*!" de uma motocicleta. Nisso um policial frenético encostou ao nosso lado.

— Tudo certo, meu velho — disse Gatsby.

Reduzimos a velocidade. Ele tirou um cartão branco da carteira e o abanou diante dos olhos do homem.

— Tudo em ordem — concordou o policial meneando o quepe. — Na próxima vou reconhecê-lo, sr. Gatsby. *Me* desculpe!

— O que era aquilo? — perguntei. — A foto de Oxford?
— Tive a oportunidade de fazer um favor ao comissário uma vez, e agora ele me manda cartões de Natal todos os anos.

Por cima da grande ponte, a luz do sol esgueirava-se em meio às vigas e derramava seu bruxuleio constante sobre os carros em movimento, e a cidade se erguia a partir do rio em montículos brancos e torrões de açúcar construídos com dinheiro insosso a fim de saciar um desejo. A cidade vista a partir da Ponte Queensboro é sempre a cidade vista pela primeira vez, a primeira promessa audaciosa de todos os mistérios e belezas do mundo.

Um homem morto nos ultrapassou em um rabecão atulhado de flores, seguido por duas carruagens de cortinas baixas e algumas charretes mais alegres que transportavam seus amigos. Os amigos nos fitaram com os olhos trágicos e lábios superiores estreitos do sudeste europeu, e fiquei contente com a presença do esplêndido carro de Gatsby em seu passeio sombrio. Conforme atravessávamos a Blackwell's Island passou por nós uma limusine, guiada por um chofer, onde estavam sentados três negros estilosos, dois rapazes e uma moça. Ri alto quando as órbitas de seus olhos se voltaram para nós em um gesto arrogante de rivalidade.

"Tudo pode acontecer agora que cruzamos esta ponte", pensei, "tudo mesmo..."

Até Gatsby poderia acontecer, sem nem causar espanto.

Meio-dia frenético. Encontrei-me com Gatsby em um subsolo bem arejado na rua 42 para o almoço. Pisquei para me despojar da claridade da rua, e logo o divisei na antessala obscura conversando com outro homem.

— Sr. Carraway, este é meu amigo, sr. Wolfshiem.

Um judeu miúdo e de nariz chato ergueu sua ampla cabeça e me fitou por cima das narinas adornadas por dois tufos fartos de pelos. Levei um instante para localizar seus olhos diminutos na semiescuridão.

— ... então eu dei uma olhada nele — disse o sr. Wolfshiem, apertando minha mão sério — e sabe o que foi que eu fiz?

— O quê? — perguntei educado.

Mas ele claramente não se dirigia a mim, pois soltou a minha mão e tapou Gatsby com seu nariz expressivo.

— Entreguei o dinheiro pro Katspaugh e disse "Tá bom, Katspaugh, não lhe entregue um centavo antes de ele calar a boca". E ele calou ali naquele instante.

Gatsby pegou nós dois pelo braço e adentrou o restaurante, fazendo com que o sr. Wolfshiem engolisse a nova frase que estava começando e mergulhasse em uma abstração sonâmbula.

— Highballs? — perguntou o garçom.

— Este é um bom restaurante — disse o sr. Wolfshiem olhando para as ninfas presbiterianas no teto. — Mas prefiro aquele do outro lado da rua!

— Sim, highballs — concordou Gatsby, e então para o sr. Wolfshiem: — Lá é muito quente.

— Quente e pequeno... é verdade — concordou o sr. Wolfshiem —, mas repleto de memórias.

— De que lugar estão falando? — perguntei.

— Do velho Metropole.

— Do velho Metropole — ruminou o sr. Wolfshiem com desânimo. — Cheio de rostos mortos e enterrados. Cheio de amigos perdidos para sempre. Enquanto estiver vivo, não serei capaz de esquecer a noite em que atiraram em Rosy Rosenthal lá. Estávamos em seis na mesa, e Rosy havia comido e bebido muito a noite toda. Quando já era quase de manhã o garçom veio até nós com um ar esquisito e disse que alguém desejava falar com Rosy na rua. "Beleza", ele disse já se levantando, e eu o puxei de volta para a cadeira. "Deixe esses filhos da mãe virem até aqui se querem falar com você, Rosy, mas, pelos céus, não pise fora deste salão". Àquela altura já eram quatro da manhã, e se levantássemos as persianas daríamos de cara com a luz do dia.

— E ele saiu? — perguntei ingenuamente.

— Claro que saiu. — O nariz do sr. Wolfshiem me fulminou com indignação. — Ao chegar na porta ele se virou e disse: "Não deixem o garçom tirar meu café!". Então pisou na calçada e atiraram três vezes em sua barriga cheia antes de fugirem num carro.

— Quatro deles foram eletrocutados — comentei, lembrando-me do caso.

— Cinco com Becker. — Suas narinas se voltaram para mim com algum interesse. — Ouvi dizer que você está atrás de *gontatos* de trabalho.

A justaposição dessas duas observações me sobressaltou. Gatsby respondeu por mim:

— Ah, não — exclamou —, é outro cara!

— Não? — O sr. Wolfshiem pareceu desapontado.

— Este é só um amigo. Disse que falaríamos sobre isso em outro momento.

— Peço-lhe desculpas — falou o sr. Wolfshiem —, errei de homem.

Um guisado suculento chegou, e o sr. Wolfshiem, esquecendo-se no ato da atmosfera mais sentimental do velho Metropole, pôs-se a comer com ávida delicadeza. Enquanto isso, seus olhos varriam com grande lentidão todo o nosso entorno — completou o arco ao se virar para inspecionar as pessoas logo atrás de si. Acho que, não fosse a minha presença, ele teria dado uma espiada rápida embaixo de nossa própria mesa.

— Escute só, meu velho — disse Gatsby, chegando perto de mim —, temo tê-lo deixado um pouco irritado no carro hoje de manhã.

O sorriso apareceu de novo, mas dessa vez ofereci resistência.

— Não gosto de mistérios — respondi. — E não entendo por que você não vem até mim e me diz com franqueza o que deseja. Por que tudo tem que passar pela srta. Baker?

— Ah, não é nada imoral — ele me garantiu. — A srta. Baker é uma grande desportista, como você sabe, e jamais faria algo que não fosse correto.

De súbito Gatsby olhou para seu relógio de pulso, levantou-se de um salto e saiu correndo do recinto, me deixando sozinho à mesa com o sr. Wolfshiem.

— Ele precisa dar um telefonema — explicou o sr. Wolfshiem, seguindo-o com os olhos. — Um bom sujeito, não é? Bonito de se ver e um perfeito cavalheiro.

— Sim.
— É um homem de *Oggsford*.
— Ah!
— Estudou na universidade *Oggsford* na Inglaterra. Sabe a universidade de *Oggsford*?
— Já ouvi falar.
— É uma das universidades mais famosas do mundo.
— Você conhece Gatsby há muito tempo? — perguntei.
— Há muitos anos — respondeu o homem em tom de satisfação. — Tive o prazer de conhecê-lo logo após a guerra. Mas após uma hora de conversa já sabia que tinha encontrado um homem da melhor linhagem. Pensei comigo: "Eis o tipo de homem que dá vontade de levar para casa e apresentar à sua mãe e à sua irmã". — Ele fez uma pausa. — Vejo que você está de olho nas minhas abotoaduras.

Não estava olhando para elas, mas fiz isso após o comentário. Eram feitas de peças de marfim estranhamente familiares.

— Os melhores espécimes de molares humanos — informou-me.

— Veja só! — Inspecionei as peças. — Eis uma ideia muito interessante.

— Pois é. — Wolfshiem dobrou as mangas sob o casaco. — Pois é, Gatsby é muito cuidadoso em relação às mulheres. Nem sequer olharia para a esposa de um amigo.

Quando o depositário dessa confiança instintiva retornou e se sentou à mesa, o sr. Wolfshiem bebeu seu café de uma vez só e se pôs de pé.

— Foi um almoço muito prazeroso. Fugirei de vocês, jovens, antes que minha visita se torne impertinente.

— Não tenha pressa, Meyer — disse Gatsby sem entusiasmo.

O sr. Wolfshiem ergueu a mão em uma espécie de bênção.

— Vocês são muito corteses, mas pertenço a outra geração — anunciou solenemente. — Fiquem aí sentados e discutam seus esportes, suas jovens mulheres e seus... — ele supriu o substantivo faltante com um aceno. — Quanto a mim, tenho cinquenta anos, e não os importunarei mais com minha presença.

Quando apertou nossas mãos e se virou, vi que seu trágico nariz tremia. Perguntei-me se eu havia dito algo que o deixara ofendido.

— Às vezes ele fica muito sentimental — explicou Gatsby. — Hoje está em um de seus dias sentimentais. É um personagem bem conhecido em Nova York, um frequentador assíduo da Broadway.

— O que ele faz, afinal... é ator?

— Não.

— Dentista?

— Meyer Wolfshiem? Não, ele é apostador. — Gatsby hesitou, e então acrescentou com leveza: — É o cara da fraude na liga de beisebol em 1919.

— Fraude na liga de beisebol? — repeti.

Aquilo me deixou pasmo. Por óbvio eu me lembrava da fraude na liga de beisebol em 1919, mas se tivesse pensado alguma vez no assunto seria para presumir que aquilo simplesmente *acontecera*, a conclusão óbvia de uma corrente inevitável de acontecimentos. Jamais me ocorrera que um único homem pudesse começar a jogar com o destino de cinquenta milhões de pessoas — com a obstinação de um ladrão ao explodir um cofre.

— E como foi que ele conseguiu fazer isso? — perguntei alguns instantes depois.

— Apenas agarrou a oportunidade.

— E por que não está na cadeia?

— Não conseguem pegá-lo, meu velho. É um homem esperto.

Insisti em pagar a conta. Quando o garçom trouxe meu troco, vislumbrei Tom Buchanan na outra extremidade do salão lotado.

— Acompanhe-me um instantinho — eu disse. — Preciso cumprimentar um amigo.

Ao nos ver, Tom levantou de um salto e deu meia dúzia de passos em nossa direção.

— Por onde andou? — demandou com avidez. — Daisy está furiosa porque você não ligou mais.

— Este é o sr. Gatsby, sr. Buchanan.

Os dois trocaram um breve aperto de mãos, e uma expressão fatigada de constrangimento (que eu jamais vira antes) surgiu no rosto de Gatsby.

— Afinal, como vão as coisas? — Tom me inquiriu. — O que te deu para vir comer tão longe de casa?

— Estava almoçando com o sr. Gatsby.

Virei-me na direção do sr. Gatsby, porém ele já não estava ali.

Em um dia de outubro em 1917...

(Jordan Baker disse naquela tarde, sentada e muito aprumada em uma cadeira do salão de chá do Hotel Plaza) ... eu caminhava de um lugar a outro pisando às vezes na calçada, às vezes no gramado. O gramado me deixava mais contente, porque eu calçava sapatos ingleses com cravos de borracha na sola que mordiscavam o chão macio. Também vestia uma saia xadrez que esvoaçava um pouco, e sempre que isso acontecia as bandeiras vermelhas, azuis e brancas na varanda de todas as casas se esticavam firmes e proclamavam *tut-tut-tut-tut* em desaprovação.

A maior bandeira e o maior gramado pertenciam à casa de Daisy Fay. Ela tinha apenas dezoito anos, dois a mais que eu, e era de longe a moça mais popular de Louisville. Vestia-se de branco e tinha um pequeno conversível claro e o telefone de sua casa tocava o dia inteiro com jovens oficiais de Camp Taylor demandando exaltados o privilégio do monopólio de sua companhia naquela noite, "por uma hora, que seja!".

Quando me vi diante de sua casa naquela manhã seu conversível branco estava parado junto ao meio-fio, e Daisy, sentada lá dentro ao lado de um tenente que eu nunca tinha visto antes. Estavam tão absortos que ela só reparou em mim quando cheguei a um metro e meio de distância.

— Olá, Jordan — ela me chamou de forma inesperada. — Entre aqui por favor.

Fiquei lisonjeada por ela querer falar comigo, pois dentre as garotas mais velhas era quem eu mais admirava.

Daisy me perguntou se eu estava indo para a Cruz Vermelha fazer curativos. Eu estava. Bem, sendo assim, será que eu poderia avisar para eles que ela não conseguiria comparecer naquele dia? Enquanto Daisy falava, o oficial olhou para ela da maneira como toda jovem garota sonha ser olhada por alguém, e aquilo me pareceu tão romântico que nunca esqueci o episódio. O oficial se chamava Jay Gatsby e não o vi mais pelos quatro anos seguintes — mesmo após reencontrá-lo em Long Island, não percebi que se tratava do mesmo homem.

Isso foi em 1917. No ano seguinte, eu já tinha meus próprios namoradinhos, e comecei a competir em torneios, de modo que já não via Daisy com muita frequência. Ela andava com uma turma um pouco mais velha — quando saía com alguém. Circulavam muitos rumores a respeito dela — rumores de como sua mãe a flagrara preparando a mochila em uma noite de inverno para ir a Nova York se despedir de um soldado que atravessaria o Atlântico. Conseguiram impedi-la, mas Daisy passou muitas semanas sem dirigir uma única palavra aos familiares. Depois disso ela nunca mais saiu com soldados, apenas com os jovens míopes ou de pé chato de nossa cidade que não conseguiram entrar para o exército.

No outono seguinte estava feliz outra vez, feliz como nunca. Debutou após o armistício, e em fevereiro dizia-se que estava noiva de um homem de Nova Orleans. Em junho se casou com Tom Buchanan de Chicago, com pompa e circunstância jamais vistas em Louisville. Ele chegou com uma centena de pessoas em quatro vagões privativos e alugou um andar inteiro do Muhlbach Hotel, e no dia anterior ao casamento deu à noiva um colar de pérolas que valia trezentos e cinquenta mil dólares.

Fui madrinha de casamento deles. Entrei no quarto de Daisy meia hora antes do jantar de noivado e a encontrei deitada na cama com seu vestido florido, adorável como uma noite de verão — e bêbada como um gambá. Tinha uma garrafa de Sauternes em uma mão e uma carta na outra.

— Me parabenize — resmungou. — Nunca bebi nada antes, mas, ah, como é gostoso.

— O que houve, Daisy?

Fiquei assustada, você nem imagina quanto; nunca tinha visto uma garota naquele estado.

— Tome aqui, querida. — Ela vasculhou um cesto de lixo ao lado da cama e tirou dali o colar de pérolas. — Leve isso lá pra baixo e entregue a seja lá quem for o dono. Dizz a eless que Daisy mudou dideia. Dizz "Daisy mudou dideia!".

Daisy começou a chorar — chorou e chorou. Saí dali correndo, encontrei a empregada de sua mãe e juntas trancamos a porta e demos um banho frio na noiva. Ela não soltava a carta de jeito nenhum. Levou-a consigo para a banheira, amassou-a até reduzir o papel a uma bolinha úmida e só me deixou colocá-la na saboneteira quando viu que já estava se desfazendo em pedaços feito neve.

Mas não disse mais nenhuma outra palavra. Demos-lhe sais de amônia, colocamos gelo em sua testa e a ajeitamos de volta no vestido; quando deixamos o quarto meia hora depois, as pérolas estavam em seu pescoço e o incidente chegara ao fim. Às cinco horas da tarde do dia seguinte ela se casou com Tom Buchanan sem nem pestanejar e partiu para uma viagem de três meses pelos mares do sul.

Vi os dois em Santa Barbara após retornarem e me ocorreu que jamais vira uma moça tão louca pelo marido. Se ele deixava o quarto por um instante ela olhava ao redor ansiosa e perguntava "Aonde o Tom foi?", e assumia uma expressão distraidíssima que só desaparecia quando ele voltava a entrar pela porta. Costumava passar o tempo todo sentada na areia com a cabeça dele no colo, lhe acariciando os olhos com os dedos e admirando-o com incomensurável prazer. Era tocante vê-los juntos — fazia qualquer um rir baixinho, fascinado. Isso foi em agosto. Uma semana após eu partir de Santa Barbara, certa noite Tom colidiu com um vagão na estrada para Ventura e perdeu a roda dianteira do carro. A garota que estava com ele também foi parar nos jornais porque quebrou o braço — era uma das camareiras do Santa Barbara Hotel.

Em abril seguinte, Daisy teve sua filhinha e os três foram passar um ano na França. Encontramo-nos em Cannes e mais tarde em Deauville, e em seguida eles retornaram a Chicago para se instalarem por lá. Daisy era popular em Chicago, como você bem sabe. Os dois andavam com uma turma ousada, todos jovens, ricos e irreverentes, mas ela sobreviveu a essa fase com a reputação absolutamente irretocável. Talvez porque não beba. Em meio a grandes beberrões, não beber é uma grande vantagem. É possível controlar a língua e, além disso, medir cada um de seus pequenos deslizes de modo que todos estejam tão cegos a ponto de não verem ou não darem importância. Talvez Daisy jamais tenha se envolvido em aventuras amorosas — todavia há alguma coisa em sua voz...

Bem, cerca de seis semanas atrás ela escutou o nome Gatsby pela primeira vez em anos. Foi quando perguntei — você se lembra, Nick? — se conhecia o Gatsby do West Egg. Depois que você foi embora, ela entrou no meu quarto para me acordar e perguntou: "Que Gatsby?", e quando o descrevi (eu ainda estava meio dormindo) ela disse em um tom esquisitíssimo que só podia ser um velho conhecido seu. Só então juntei os pontos e associei este Gatsby ao oficial no carro branco de Daisy.

Quando Jordan Baker terminou de me contar tudo isso, havíamos saído do Plaza fazia meia hora e seguíamos em uma carruagem rumo ao Central Park. O sol se escondera atrás dos apartamentos em andares altos onde as estrelas de cinema moravam no West Fifties, e a voz nítida de crianças, já reunidas feito gafanhotos na grama, erguia-se no cálido lusco-fusco:

Lá na Arábia sou sultão
Dono do seu coração
Quando você deita na maca
Eu me esgueiro em sua barraca...

— Foi uma estranha coincidência — comentei.

— Não tem coincidência nenhuma.

— Como não?

— Gatsby comprou aquela casa para que Daisy estivesse do outro lado da baía.

Então ele não buscava somente as estrelas naquela noite de junho. A visão de Gatsby ressurgiu diante de meus olhos, arrancado de repente do ventre de seu esplendor despropositado.

— Ele quer saber — prosseguiu Jordan — se você estaria disposto a convidar Daisy para visitá-lo em sua casa uma tarde dessas, e então permitir que ele também dê uma passadinha.

A humildade de seu pedido me abalou. Gatsby havia esperado cinco anos e comprado uma mansão, onde reservava a luz das estrelas a mariposas esparsas, apenas para poder "dar uma passadinha" no jardim de um estranho uma tarde dessas.

— Eu precisava mesmo ficar a par de tudo isso só para ele pedir uma coisinha dessas?

— Gatsby está com medo, já esperou tempo demais. Tinha medo de que você se ofendesse. Sabe, no fim das contas ele não é um sujeito durão.

Uma coisa me preocupava.

— Por que não pediu que você arranjasse esse encontro?

— Porque quer que ela veja a casa dele — explicou Jordan. — E vocês dois moram lado a lado.

— Ah!

— Acho que em parte a esperança dele era que ela acabasse aparecendo em uma de suas festas em uma bela noite — prosseguiu —, mas ela nunca foi. Então Gatsby começou a perguntar se alguém a conhecia, como quem não quer nada, e fui a primeira a responder sim. Foi naquela noite em que mandou me chamar durante o baile, você precisava ouvir a narrativa elaborada que inventou para me contar esse caso. Claro, sugeri de imediato um almoço em Nova York, e achei que ele ia enlouquecer: "Não quero me afastar muito de casa!", repetia o tempo todo. "Quero vê-la aqui no meu quintal." Quando mencionei que você era amigo pessoal de Tom, ele quase desistiu da ideia. Gatsby não sabe muita coisa a respeito de Tom, embora afirme ler o jornal de Chicago há anos na esperança de topar com o nome de Daisy.

Já era noite, e ao passarmos por baixo de uma pequena ponte recostei o braço em torno dos ombros dourados de Jordan e puxei-a para junto de mim antes de convidá-la para jantar. Em um piscar de olhos eu já não pensava mais em Daisy e Gatsby, mas apenas naquela mulher límpida, forte e limitada, dotada de um ceticismo irrestrito, que se aninhava alegremente nos meus braços em um encaixe perfeito. Uma frase começou a martelar meus ouvidos com uma empolgação inebriante: "Existem apenas os perseguidos, os perseguidores, os ocupados e os cansados".

— E Daisy merece ter alguma coisa na vida — Jordan murmurou para mim.

— Ela quer ver Gatsby?

— Você não deve avisá-la. Gatsby não quer que ela saiba. Apenas a convide para o chá.

Passamos por uma barreira de árvores escuras, e depois pela fachada da rua 59, um bloco de delicadas luzes claras voltadas todas para o parque abaixo. Ao contrário de Gatsby e Tom Buchanan, eu não tinha uma garota de rosto incorpóreo pairando em meio às cornijas escuras e aos letreiros ofuscantes; por isso me agarrei à garota ao meu lado, estreitando os braços. Sua boca lívida e debochada sorriu, e então voltei a puxá-la, para ainda mais perto, dessa vez contra o meu rosto.

Ao chegar no West Egg naquela noite, temi por um instante que houvesse um incêndio. Duas da manhã e uma luz intensa ardia em todo aquele canto da península, o que conferia um aspecto irreal à vegetação e produzia lampejos longilíneos nos fios dos postes. Ao dobrar a esquina, constatei que a luz provinha da casa de Gatsby, iluminada do teto ao porão.

De início achei que fosse outra festa, e uma turba ensandecida houvesse decidido brincar de esconde-esconde ou pega-pega usando a casa inteira como cenário. Mas não se escutava nenhum som. Apenas o vento nas árvores, o mesmo que soprou os fios e fez as luzes apagarem e acenderem outra vez como se a casa piscasse na escuridão. Conforme o chiado do meu táxi se afastava, divisei Gatsby caminhando sobre o gramado em minha direção.

— Sua casa está parecendo a Feira Mundial — eu disse.

— Está? — Ele voltou os olhos para ela, distraído. — Andei espiando alguns dos cômodos. Vamos para Coney Island, meu velho. No meu carro.

— Está muito tarde.

— Bem, quem sabe um mergulho na piscina? Ainda não a usei neste verão.

— Preciso ir para a cama.

— Tudo bem.

Gatsby esperou, olhando para mim com ímpeto suprimido.

— Conversei com a srta. Baker — eu disse após uns instantes. — Amanhã vou telefonar para Daisy e convidá-la para um chá em minha casa.

— Ah, está bem — falou com indiferença. — Não quero lhe causar nenhum problema.

— Que dia seria melhor para você?

— Que dia seria melhor para *você*? — corrigiu-me depressa. — Não quero lhe causar nenhum problema, sabe.

— Que tal depois de amanhã?

Ele refletiu um pouco. Então disse com relutância:

— Queria mandar cortar a grama antes.

Nós dois olhamos para o gramado — havia uma fronteira nítida onde a minha grama estropiada dava lugar ao seu gramado bem aparado, de um tom mais escuro. Suspeitei que se referia à minha grama.

— Tem mais uma coisinha — disse de modo incerto, e hesitou.

— Prefere esperar mais uns dias? — perguntei.

— Ah, não é isso. Ao menos... — Gatsby gaguejou diversos inícios de frases. — Pois bem, eu achei... ora, meu velho, escute só, você não ganha muito dinheiro, né?

— Não muito.

Isso pareceu tranquilizá-lo, e o fez assumir uma postura mais confiante.

— Achei que não. Se puder desculpar meu... veja bem, toco um pequeno negócio nas horas vagas, uma espécie de atividade paralela, sabe. E pensei que se você não ganha muito bem... você vende títulos, não é, meu velho?

— Estou tentando.

— Bem, isso poderia interessá-lo. Não tomaria muito do seu tempo e poderia render um belo dinheiro. Trata-se de algo de natureza bastante confidencial.

Hoje percebo que sob circunstâncias distintas aquela conversa poderia ter sido uma das grandes crises de minha vida. Porém, por se tratar óbvia e indelicadamente de um serviço a ser prestado, não tive outra opção senão interrompê-lo no ato.

— Ando bem ocupado — respondi. — Agradeço muito, mas não posso aceitar mais nenhum outro trabalho.

— Você não precisaria fazer nenhum negócio com o Wolfshiem.

Evidentemente ele pensara que eu estava me esquivando dos *gontatos* mencionados no almoço, mas assegurei-o de que isso era um equívoco. Gatsby esperou mais um segundo, na esperança de que eu puxasse algum assunto, mas estava distraído demais para isso e ele acabou voltando para casa a contragosto.

A noite me deixara contente e aturdido; acho que caí num sono profundo assim que cruzei a porta da frente. Por isso não sei se Gatsby foi ou não a Coney Island, nem quantas horas passou "espiando alguns dos cômodos" enquanto sua casa reluzia com imenso espalhafato. Na manhã seguinte telefonei para Daisy do escritório e convidei-a para tomar chá em minha casa.

— Não traga o Tom — alertei.

— Por quê?

— Não traga o Tom.

— Quem é "Tom"? — perguntou de modo inocente.

No dia combinado chovia a cântaros. Às onze da manhã um homem de capa de chuva bateu à minha porta, munido de um cortador de grama, e disse que o sr. Gatsby o enviara para aparar o meu gramado. Nisso me lembrei de que havia esquecido de pedir à minha finlandesa que voltasse, e, portanto, dirigi até o centro do West Egg para procurá-la em meio às ruelas caiadas e alagadas e comprar xícaras, flores e limões.

As flores se mostraram desnecessárias, pois às duas da tarde recebi uma estufa enviada por Gatsby, bem como inúmeros receptáculos. Uma hora depois, alguém abriu com nervosismo a porta da frente e Gatsby, vestido de terno branco de flanela, camisa prateada e gravata dourada, entrou em minha casa com passos apressados. Estava pálido e tinha marcas escuras de insônia abaixo dos olhos.

— Está tudo em ordem? — perguntou sem rodeios.

— A grama ficou bonita, se é isso que o preocupa.

— Que grama? — indagou desnorteado. — Ah, a grama do jardim.

Olhou para ela através da janela, mas a julgar por sua expressão acho que não viu nada.

— Parece ótima — comentou, alheio. — Um dos jornais disse que a chuva pararia por volta das quatro. Acho que foi o *The Journal*. Você tem tudo de que precisa em termos de... de chá?

Levei-o até a despensa, onde olhou para a finlandesa com um pouco de desaprovação. Juntos examinamos os doze bolinhos de limão da confeitaria.

— Bons o bastante? — perguntei.

— Claro, claro! Estão ótimos! — e acrescentou, um tanto ausente — ... meu velho.

A chuva arrefeceu por volta das três e meia, transformando-se em uma névoa úmida por onde caíam de vez em quando alguns pingos mais grossos feito orvalho. Com o olhar perdido, Gatsby folheou um exemplar de *Economics*, de Clay, assustando-se com os passos firmes da finlandesa que faziam tremer o chão da cozinha. De tempos em tempos, espiava através das janelas turvas como se uma série de acontecimentos invisíveis, mas alarmantes, ocorresse lá fora. Por fim se levantou e me informou, com a voz hesitante, de que estava indo para casa.

— Mas por quê?

— Ninguém virá para o chá. Já está muito tarde!

Olhou para seu relógio como se tivesse alguma demanda urgente em outro lugar.

— Não posso esperar o dia todo.

— Não seja bobo, faltam só dois minutos para as quatro.

Gatsby se sentou, tristonho, como se eu o tivesse empurrado, e no mesmo instante escutei o barulho de motor na entrada. Ambos nos levantamos de um salto e, sentindo-me eu mesmo um pouco angustiado, fui até o quintal.

Um amplo carro subia pela via de acesso sob o gotejar das árvores lilases despidas de folhas. Ele parou. O rosto de Daisy, voltado para o lado sob um chapéu lavanda de três pontas, olhou para mim com um sorriso eufórico e radiante.

— Você mora mesmo aqui, meu querido? Tem certeza absoluta?

A modulação revigorante de sua voz era um tônico rejuvenescedor em meio à chuva. Precisei acompanhar a melodia por um instante, subindo e descendo, somente com o ouvido, antes mesmo que as palavras adquirissem sentido. Uma mecha úmida de cabelo pendia sobre a bochecha de Daisy como uma pincelada azul, e sua mão estava úmida de gotas cintilantes quando a segurei para ajudá-la a sair do carro.

— Você está apaixonado por mim — ela disse baixinho em meu ouvido. — Se não, por que tive que vir sozinha?

— Eis o segredo do Castelo Rackrent. Diga ao seu chofer para se afastar bastante e esperar por uma hora.

— Volte em uma hora, Ferdie. — Então me disse em um sussurro grave: — Ele se chama Ferdie.

— A gasolina incomoda o nariz dele?

— Acho que não — Daisy disse, inocente. — Por quê?

Nós dois entramos. Para minha imensa surpresa, a sala de estar estava vazia.

— Ora, que coisa engraçada! — exclamei.

— O que é engraçado?

Ela virou o rosto ao escutar uma batida leve e honrosa na porta da frente. Fui até lá e abri. Gatsby, pálido como a morte, as mãos afundadas como chumbinhos de pesca nos bolsos do paletó, estava de pé sobre uma poça d'água e me fitava tragicamente.

Sem tirar as mãos do bolso do paletó, ele passou ao meu lado, fez uma curva em ângulo agudo como se andássemos sobre um fio e desapareceu na sala de estar. Não foi nada engraçado. Consciente das batidas aceleradas de meu próprio coração, fechei a porta na cara da chuva que aumentava.

Por meio minuto não se ouviu um som sequer. Então uma espécie de murmúrio de espanto chegou da sala, e um fragmento de riso seguido da voz de Daisy em um tom claramente artificial:

— Sem dúvidas, fico terrivelmente contente por vê-lo outra vez.

Uma pausa; de duração horrenda. Eu não tinha nada para fazer no corredor, e por isso voltei à sala.

Gatsby, as mãos ainda no bolso, estava recostado na lareira com uma postura de falsa tranquilidade, ou mesmo tédio. Sua cabeça estava tão reclinada que chegava a encostar no relógio parado na moldura da lareira, e daquela posição seus olhos aflitos olhavam de cima para Daisy, que estava sentada na ponta de uma cadeira, um tanto assustada, mas ainda assim graciosa.

— Já nos conhecemos de antes — murmurou Gatsby.

Seus olhos se desviaram para mim por um instante e seus lábios se afastaram em uma tentativa abortada de riso. Por sorte o relógio escolheu este momento para balançar ameaçador em resposta à pressão da cabeça de meu visitante, obrigando-o a se virar para pegá-lo com os dedos trêmulos e recolocá-lo de volta no lugar. Então Gatsby se sentou, rígido, com o cotovelo apoiado no braço do sofá e o queixo na mão.

— Desculpa pelo relógio — falou.

Meu próprio rosto adquiriu o tom de uma queimadura forte de sol. Não consegui encontrar um único lugar-comum dentre os milhares em minha cabeça.

— É só um relógio velho — eu disse abestalhado.

Acho que todos acreditamos por um instante que o relógio havia de fato se espatifado em pedacinhos no chão.

— Não nos vemos há muitos anos — comentou Daisy no tom de voz mais prosaico que se possa imaginar.

— Cinco anos em novembro.

O caráter automático da resposta de Gatsby fez com que todos nos calássemos por ao menos mais um minuto. Fiz os dois se levantarem com a desesperada sugestão de que me ajudassem a preparar o chá na cozinha, e justo então a finlandesa demoníaca chegou trazendo o chá pronto em uma bandeja.

Em meio à pertinente confusão de xícaras e bolos, uma certa decência física se estabeleceu por conta própria. Gatsby se refugiou em um canto e, enquanto Daisy e eu conversávamos, fitou-nos muito diligente com olhos tensos e infelizes. No entanto, como a calmaria não era um propósito por si só, inventei alguma desculpa e me levantei na primeira oportunidade.

— Aonde você vai? — quis saber Gatsby, que se alarmou de imediato.

— Já volto.

— Preciso conversar com você sobre uma coisa antes.

Ele me seguiu até a cozinha em um frenesi, fechou a porta e sussurrou: "Ah, meu Deus!", com manifesta tristeza.

— O que foi?

— Essa ideia foi um erro terrível — Gatsby disse, balançando a cabeça de um lado para o outro. — Um erro terrível, terrível.

— Você está constrangido, só isso. — E, por sorte, acrescentei: — Daisy também está constrangida.

— Ela está constrangida? — repetiu incrédulo.

— Tanto quanto você.

— Não fale tão alto.

— Você está parecendo um garoto — exclamei impaciente. — Não só isso, como também está sendo rude. Daisy ficou sentada lá sozinha.

Gatsby ergueu a mão para interromper minhas palavras, olhou para mim com inesquecível rechaço e, abrindo a porta com cuidado, retornou ao cômodo.

Saí pelos fundos — bem como ele havia feito ao dar a volta na casa durante seu ataque de nervos meia hora antes — e corri até uma imensa árvore nodosa e escura que, com sua ampla copa folhosa, oferecia um abrigo da chuva. Mais uma vez garoava, e em meu gramado irregular, embora bem aparado pelo jardineiro de Gatsby, despontavam pequenos charcos enlameados e pântanos pré-históricos. Não havia nada para olhar dali debaixo da árvore exceto a imensa casa de Gatsby, de modo que olhei para ela, como Kant em seu campanário da igreja, durante meia hora. Um cervejeiro a construíra conforme a febre da "época", uma década antes, e dizia-se que ele tinha aceitado pagar os impostos de todas as casas vizinhas durante cinco anos, contanto que os proprietários aceitassem revestir seus telhados com palha. Talvez a recusa dos vizinhos tenha esvaziado seu plano de Fundar uma Família — sua derrocada foi imediata. Os filhos venderam a casa ainda com a guirlanda preta na porta. Os americanos, embora desejem e até cobicem a condição de servos, sempre resistiram ao campesinato.

Passada meia hora, o sol voltou a brilhar, e o carro da mercearia contornou a via de acesso à mansão de Gatsby trazendo a matéria-prima para o jantar de seus empregados — eu estava certo de que ele não comeria nem uma garfada. Uma empregada começou a abrir as janelas do segundo andar, aparecendo por um instante em cada uma delas, e, inclinando-se no grande balcão central, cuspiu no jardim, reflexiva. Já era hora de voltar. Enquanto perdurara, a chuva havia se assemelhado ao murmúrio de suas vozes, subindo de volume e ganhando corpo de tempos em tempos, em meio a rajadas de emoção. Mas com o silêncio recém-chegado senti que a quietude também se debruçara sobre a casa.

Entrei — após fazer o máximo possível de barulho na cozinha, quase arrastando o fogão, mas não acho que tenham escutado nada. Estavam sentados cada um em uma extremidade do sofá, e olhavam um para o outro como se uma pergunta aguardasse resposta, ou tivesse ficado no ar, e já não havia qualquer vestígio de constrangimento. O rosto de Daisy estava borrado de lágrimas, e quando entrei ela saltou e começou a limpá-lo com um lenço diante do espelho. Mas Gatsby passara por uma mudança confusa. Ele literalmente brilhava; sem dizer palavra nem fazer um gesto de exultação, ele irradiava um novo bem-estar que preenchia todo o pequeno cômodo.

— Ah, olá, meu velho — disse Gatsby, como se não me visse há anos. Por um momento achei que apertaria minha mão.

— Parou de chover.

— É mesmo?

Quando entendeu do que eu estava falando, e reparou que sininhos de luz solar repicavam pela sala, sorriu como o homem do tempo, como um eufórico patrono da luz regressada, e repetiu a notícia para Daisy:

— Que tal? Parou de chover.

— Fico contente, Jay. — A garganta dela, tomada por uma beleza nostálgica e pesarosa, revelava apenas sua inesperada felicidade.

— Quero que você e Daisy visitem minha casa — ele disse. — Gostaria de mostrá-la a ela.

— Quer mesmo que eu vá junto?

— Sem dúvidas, meu velho.

Daisy foi até o andar de cima lavar o rosto — pensei tarde demais em minhas toalhas humilhantes — enquanto Gatsby e eu ficamos esperando no gramado.

— Minha casa está bonita, não está? — perguntou. — Veja como toda a fachada está banhada em luz.

Concordei que estava esplêndida.

— Sim. — Seus olhos varreram o edifício inteiro, cada porta sob cada arco e cada torre retangular. — Levei apenas três anos para ganhar o dinheiro para comprá-la.

— Achei que seu dinheiro viesse de herança.

— E vem, meu velho — ele respondeu automaticamente —, mas perdi a maior parte da minha fortuna em um momento de pânico: o pânico da guerra.

Acho que ele mal sabia o que estava dizendo, pois ao perguntar seu ramo de atuação Gatsby respondeu "Isso é problema meu" antes de perceber que essa não era uma resposta apropriada.

— Ah, já trabalhei com muita coisa — ele se corrigiu. — Atuei no ramo dos medicamentos, depois negociei petróleo. Mas agora não mexo com nenhuma das duas coisas. — Olhou para mim com atenção. — Quer dizer que você andou pensando em minha proposta da outra noite?

Antes que pudesse responder, Daisy saiu da casa e as duas fileiras de botões de bronze em seu vestido reluziram a luz do sol.

— Aquela casa imensa *ali*? — exclamou apontando.

— Você gostou?

— Amei, mas não entendo como você consegue morar nela sozinho.

— Mantenho-a sempre cheia de pessoas interessantes, noite e dia. Pessoas que fazem coisas interessantes. Pessoas célebres.

Em vez de pegarmos o atalho pelo estreito, percorremos a estrada e entramos pela grande porta. Com murmúrios de encantamento, Daisy admirou diferentes aspectos daquela silhueta feudal contraposta ao céu, admirou os jardins, o perfume cintilante dos narcisos, o cheiro borbulhante dos pilriteiros, das ameixeiras-japonesas e o pálido aroma dourado das valerianas vermelhas. Era estranho subir os degraus de mármore sem o ir e vir de vestidos radiantes a entrar e sair pela porta sem escutar nenhum som além do canto dos pássaros nas árvores.

E enquanto perambulávamos pelas salas de música ao estilo Maria Antonieta e pelos salões fac-símiles da Restauração, senti que havia convidados escondidos atrás de cada mesa e cada sofá, cumprindo ordens de prender a respiração e permanecer em silêncio até sairmos dali. Quando Gatsby fechou a porta da "Biblioteca Merton College" eu poderia jurar ter escutado uma gargalhada fantasmal do homem de olhos-de-coruja.

Fomos ao andar de cima e atravessamos quartos de visitas forrados em seda cor de rosa e lavanda vicejando com flores frescas, passamos por vestíbulos e salas de bilhar e por banheiros com banheiras — até adentrarmos o quarto onde um homem desgrenhado se exercitava de pijama no chão. Era o sr. Klipspringer, o "hóspede". Eu o vira caminhando avidamente pela praia naquela manhã. Por fim, chegamos aos aposentos do próprio Gatsby: um quarto, um banheiro e um escritório ao estilo Adam, onde nos sentamos e bebemos uma taça de Chartreuse que ele pegou de uma prateleira acoplada à parede.

Em nenhum momento ele desviou sua atenção de Daisy, e acho que reavaliou tudo o que havia em sua casa de acordo com a intensidade das reações que despertava nos adoráveis olhos dela. Às vezes Gatsby também fitava suas posses ao redor um pouco maravilhado, como se na presença dela tudo aquilo deixasse de ser real. Em dado momento quase tropeçou em um lance de escadas.

O quarto de Gatsby era o cômodo mais simples de todos — exceto pela penteadeira, onde repousavam artigos de toucador de ouro puro. Daisy pegou a escova, deslumbrada, e alisou o próprio cabelo, ao que Gatsby se sentou, esfregou os olhos e começou a rir.

— Que coisa mais engraçada, meu velho — ele disse divertido. — Não consigo... quando tento...

Era visível como havia passado por dois estágios distintos e agora ingressava em um terceiro. Após o constrangimento e a alegria despropositada terem tomado conta dele, agora era a vez do deslumbre com a presença de Daisy. A ideia o dominara por muito tempo, levando-o a fantasiar cada segundo, e ele esperara rangendo os dentes, por assim dizer, com um grau inimaginável de intensidade. Agora, em contrapartida, desacelerava feito um relógio exaurido.

Gatsby se recuperou em um instante e abriu as duas enormes portas do armário para vermos seus diversos ternos, trajes de gala e gravatas, além das camisas, empilhadas às dúzias feito tijolos.

— Tenho um sujeito para comprar roupas para mim na Inglaterra. Envia uma seleção de peças ao início de cada estação.

Gatsby retirou uma pilha de camisas e começou a desdobrá-las, uma por uma, diante de nossos olhos; eram camisas finas de linho, de seda pura e de flanela de qualidade que perdiam as marcas de dobra ao caírem sobre a mesa e a recobriam em uma bagunça multicolorida. Enquanto admirávamos, ele buscava outras, e o monte macio ia ganhando altura — camisas listradas, com arabescos ou quadriculadas, coral e verde-maçã e lavanda e um laranja pálido, com monogramas em índigo. De repente, com um lamento contido, Daisy recostou a cabeça sobre as camisas e se entregou a um choro tempestuoso.

— São camisas tão bonitas — ela choramingou com a voz abafada pelos tecidos. — Eu fico triste porque nunca vi... nunca vi camisas tão bonitas antes.

Após a casa, o plano era seguirmos para os jardins, então para a piscina, até o hidroplano e as flores de verão — mas pelas janelas de Gatsby vimos que a chuva voltara a cair lá fora, e por isso nos enfileiramos de pé para observar a superfície enrugada do estreito.

— Não fosse a neblina, conseguiríamos ver a sua casa do outro lado da baía — disse Gatsby. — Há sempre uma luz verde brilhando a noite inteira na extremidade da sua doca.

Daisy enlaçou seu braço no dele de repente, mas Gatsby parecia absorto no que acabara de dizer. Talvez tivesse lhe ocorrido que o significado colossal daquela luz agora se desfizera para sempre. Comparada à grande distância que o separava de Daisy, a luz parecia muito próxima dela, quase ao alcance do toque. Parecia tão perto quanto a lua das estrelas. Agora voltava a ser apenas uma luz verde em uma doca. Sua lista de objetos encantados perdera um item.

Comecei a dar voltas pelo recinto, examinando diversos objetos indefinidos na semipenumbra. Pendurada na parede atrás da escrivaninha, uma grande fotografia de um homem de mais idade em traje de vela atraiu minha atenção.

— Quem é este?

— Este? Este é o sr. Dan Cody, meu velho.

O nome soou vagamente familiar.

— Ele já morreu. Era o meu melhor amigo.

Havia um pequeno retrato de Gatsby, também em traje de vela, sobre o móvel. Na foto, Gatsby aparentava uns dezoito anos e projetava a cabeça para trás em postura desafiadora.

— Adorei! — exclamou Daisy. — O topete *pompadour*! Você nunca me contou que usava *pompadour*, nem que tinha um iate.

— Veja isso — disse Gatsby apressado. — Aqui tenho diversos recortes... a seu respeito.

Os dois ficaram lado a lado examinando os papéis. Eu estava prestes a pedir para ver os rubis que ele colecionava quando o telefone tocou e Gatsby atendeu.

— Sim... Bem, não posso falar agora... Não posso falar agora, meu velho... Eu disse cidade *pequena*... Ele deve saber o que é uma cidade pequena... Bem, ele não vai nos servir de nada se acha que Detroit é um exemplo de cidade pequena...

Desligou.

— Venha aqui *rápido*! — Daisy chamou da janela.

A chuva ainda caía, mas a escuridão dera trégua a oeste, onde uma massa de espumosas nuvens rosas-douradas surgira sobre o mar.

— Veja só isso — ela sussurrou, e após um instante: — Só queria poder pegar uma dessas nuvens rosadas e colocar você em cima dela para arrastá-lo por aí.

Tentei me despedir durante essa cena, mas eles não me deram ouvidos; talvez minha presença os fizesse se sentir a sós de um modo mais satisfatório.

— Já sei — disse Gatsby —, vamos pedir para Klipspringer tocar piano.

Ele saiu da sala chamando "Ewing!" e retornou dentro de alguns minutos acompanhado de um jovem constrangido e um pouco cansado com óculos de aro grosso e escasso cabelo loiro. Agora Klipspringer vestia trajes decentes: uma "camisa esporte" aberta, tênis e calças de brim de matiz sombrio.

— Interrompemos os seus exercícios? — Daisy perguntou em tom cortês.

— Eu estava dormindo — lamentou o sr. Klipspringer, em um espasmo de constrangimento. — Quer dizer, eu *tinha* dormido. Então me levantei...

— Klipspringer toca piano — interrompeu Gatsby. — Não é, Ewing, meu velho?

— Não sei tocar muito bem. Eu não... mal sei tocar. Faz tempo que não prat...

— Vamos para o andar de baixo — interceptou Gatsby.

Ele acionou um interruptor. As janelas cinzentas desapareceram conforme a casa fulgurou plena de luz.

Na sala de música, Gatsby ligou a lâmpada solitária ao lado do piano. Acendeu o cigarro de Daisy com um fósforo trêmulo e sentou-se com ela em um sofá longínquo no canto oposto da sala, onde não havia luz além daquela rebatida do salão pelo piso reluzente.

Após tocar "The Love Nest", Klipspringer se virou na banqueta e buscou a contragosto os olhos de Gatsby na penumbra.

— Percebam como estou sem prática. Disse que não sabia tocar. Não tenho pratic...

— Não fale tanto, meu velho — ordenou Gatsby. — Toque!

Durante a manhã,
Durante a noite,
Como nos divertimos...

Lá fora o vento uivava e escutava-se uma corrente tênue de trovões ao longo do estreito. Agora todas as luzes no West Egg se acendiam: os trens elétricos, carregados de passageiros retornando para suas casas, cortavam a chuva de Nova York. Naquele horário havia uma profunda transformação humana, e a empolgação brotava no ar.

Uma coisa é certa e não há nada mais certo
Os ricos ficam mais ricos e os pobres ficam — grávidos.
No meio-tempo,
Em meio ao tempo...

Quando fui me despedir reparei que a expressão de perplexidade havia retornado ao rosto de Gatsby, como se lhe acometesse uma breve dúvida quanto à natureza de sua alegria naquele instante. Quase cinco anos! Mesmo naquela tarde deve ter havido momentos em que Daisy não se mostrou à altura de seus sonhos… não por culpa dela, mas pela força colossal de suas ilusões. Ilusões que a ultrapassavam, ultrapassavam tudo. Ele havia se atirado a elas com uma paixão criativa, incrementando-as o tempo todo, adornando-as com cada pluma colorida que encontrava pelo caminho. Nenhum fogo ou frescor pode rivalizar com aquilo que um homem acumula em seu coração espectral.

Observei como Gatsby se aprumou um pouco ao se ver sob meu escrutínio. Sua mão segurava a dela, e quando Daisy disse algo baixinho em seu ouvido, ele se virou na direção dela com um arroubo de emoção. Acho que aquela voz, dotada de um calor febril e flutuante, era o que mais o enfeitiçava, pois não era possível exagerá-la em seus sonhos — aquela era a voz de uma canção imortal.

Esqueceram-se de mim, mas Daisy ergueu os olhos e estendeu a mão; Gatsby nem tomou conhecimento de minha presença. Olhei mais uma vez para os dois e eles retribuíram o olhar, remotamente, tomados por uma intensa vitalidade. Então saí do recinto e desci a escada de mármore em direção à chuva, deixando-os ali juntos.

Mais ou menos nessa época, um jovem e ambicioso repórter de Nova York bateu à porta de Gatsby certa manhã e perguntou se ele tinha alguma coisa a dizer.

— Alguma coisa a dizer sobre o quê? — indagou Gatsby com educação.

— Ué... alguma coisa a declarar.

Após cinco confusos minutos, esclareceu-se que o homem havia escutado o nome de Gatsby ser mencionado no contexto de algo que não estava disposto a revelar ou não havia entendido de todo. Com louvável iniciativa, o repórter decidira aproveitar seu dia de folga e correr até lá "para ver".

Foi um tiro no escuro e, no entanto, o instinto do repórter estava certo. A fama de Gatsby, propagada por centenas de pessoas que haviam desfrutado de sua hospitalidade, tornando-se assim especialistas em seu passado, aumentara durante todo o verão a tal ponto que por muito pouco ele não figurou nos jornais. Lendas contemporâneas como "o cano subterrâneo até o Canadá" eram associadas a ele, e circulava um rumor duradouro de que Gatsby não vivia em uma casa, mas em um barco disfarçado de casa que se deslocava secretamente ao longo da costa de Long Island. O exato motivo pelo qual essas invenções eram fonte de satisfação para James Gatz de Dakota do Norte é difícil dizer.

James Gatz — era esse o seu nome real, ou ao menos legalmente. Ele o havia trocado aos dezessete anos de idade, no início da sua carreira — quando viu o iate de Dan Cody lançar âncora no segmento mais raso e traiçoeiro do Lago Superior. Era James Gatz quem vadiava pela praia naquela tarde vestindo um blusão verde rasgado e calças de brim, mas foi Jay Gatsby o homem que pegou emprestado um barco a remo, encostou no *Tuolomee* e informou Cody de que uma ventania poderia atingi-lo e afundar a embarcação dali a meia hora.

Suponho que ele tivesse esse novo nome a postos por muito tempo, mesmo então. Seus pais eram fazendeiros indolentes e fracassados — em sua imaginação ele jamais os reconhecera como seus pais. A verdade era que Jay Gatsby, do West Egg, Long Island, surgiu da concepção platônica que ele tinha de si mesmo. Era filho de Deus — expressão que, se é que tem algum significado, significa só isso mesmo — e devia se ocupar dos negócios do Pai, um serviço de ampla, vulgar e meretrícia beleza. Por isso inventou exatamente o tipo de Jay Gatsby que esperaríamos de um jovem rapaz de dezessete anos, e manteve-se fiel ao personagem até o fim.

Durante mais de um ano ele batera ponto na margem sul do Lago Superior catando mexilhões e pescando salmão ou executando qualquer outro serviço que lhe rendesse cama e comida. Seu corpo moreno e retesado aguentava com naturalidade o trabalho em parte duro, em parte relaxante desses dias de labuta. Conheceu as mulheres cedo, e por elas foi tão mimado que passou a desdenhá-las; as jovens virgens pela ignorância, as demais por reagirem histericamente a coisas que ele dava por garantidas, tamanho seu egoísmo.

Mas seu coração vivia em constante turbulência. As presunções mais fantásticas e grotescas o assombravam à noite na cama. Um universo de inefável cafonice dava voltas em sua mente enquanto o relógio tiquetaqueava na cômoda e a lua ensopava suas roupas esparramadas pelo chão com sua úmida luminosidade. Noite após noite, ele incrementava suas fantasias até que a sonolência dissipasse as cenas mais vívidas com o abraço do esquecimento. Durante um tempo, esses devaneios serviram de escape para sua imaginação: eram lembretes satisfatórios da irrealidade da realidade, uma promessa de que as fundações do mundo estavam firmemente alicerçadas sobre as asas de uma fada.

Um instinto para sua glória futura o havia conduzido, alguns meses antes, à pequena faculdade luterana de St. Olaf, no sul do estado de Minnesota. Passou duas semanas por lá, desalentado com a indiferença feroz em relação ao seu destino, ao destino por si só, e nutrindo um grande desprezo pelo trabalho de zelador com o qual pretendia pagar seus estudos. Então retornou ao Lago Superior, e ainda procurava algo para fazer no dia em que o iate de Dan Cody lançou âncora nos bancos de areia junto à costa.

Cody tinha cinquenta anos à época e era uma cria dos campos de prata de Nevada, do Yukon, e de todas as corridas por metais preciosos desde 1875. O comércio de cobre em Montana tornou-o multimilionário sem afetar sua robustez física, mas influenciou em seu psicológico e, suspeitando disso, diversas mulheres tentaram separá-lo de seu dinheiro. O contexto nada agradável em que Ella Kaye, a mulher dos jornais, deu uma de Madame de Maintenon para explorar suas fraquezas e lançá-lo ao mar em um iate estava bastante detalhado nos tabloides de 1902. Seu périplo por aquela costa sempre hospitaleira já estava em seu quinto ano quando se tornou o destino de James Gatz na baía de Little Girl.

Para o jovem Gatz, de remos apoiados enquanto espiava o gradil do convés, aquele iate representava toda a beleza e o glamour do mundo. Imagino que ele tenha sorrido para Cody — provavelmente já havia descoberto que as pessoas passavam a gostar dele quando sorria. Mesmo assim Cody lhe fez algumas perguntas (uma delas trouxe à tona o novo nome) e percebeu que o rapaz tinha raciocínio rápido e era extravagantemente ambicioso. Alguns dias mais tarde, ele levou o rapaz a Duluth e comprou para ele um terno azul, seis calças de sarja brancas e um quepe de marinheiro. E quando o *Tuolomee* partiu para as Índias Ocidentais e a Berbéria, Gatsby partiu com ele.

Ele foi empregado em uma vaga função de assistente pessoal — em sua permanência com Cody foi comissário, colega, capitão, secretário e até mesmo carcereiro, pois Dan Cody sóbrio sabia muito bem os feitos reprováveis de que Dan Cody ébrio era capaz, e se preparava para tais situações depositando cada vez mais confiança em Gatsby. Esse arranjo durou cinco anos, nos quais o barco deu três voltas completas no continente. Poderia ter durado para sempre, mas Ella Kaye subiu a bordo certa noite em Boston e uma semana depois Dan Cody morreu de maneira inóspita.

Lembro-me de seu retrato no quarto de Gatsby, um homem corado e grisalho de rosto severo e vazio — um pioneiro libertino que, durante certa etapa da vida estadunidense, levou de volta à Costa Leste a violência selvagem dos bordéis e *saloons* da fronteira. Por vias indiretas, era por causa de Cody que Gatsby bebia tão pouco. Não raro, em festas animadas, as mulheres costumavam esfregar champanhe em seu cabelo; ele tomara para si o hábito de se manter longe da bebida.

E era o dinheiro de Cody que havia herdado — um legado de vinte e cinco mil dólares. Gatsby não entendia. Jamais compreendeu o dispositivo legal que fora usado contra ele, mas os milhões restantes foram parar intactos no bolso de Ella Kaye. Precisou se contentar com o legado de uma formação peculiarmente apropriada: os vagos contornos de Jay Gatsby haviam adquirido a forma substancial de um homem.

Ele só me contou isso tudo mais tarde, mas inseri aqui seu relato com a intenção de obliterar aqueles primeiros boatos ferozes que circularam sobre seus antecedentes, nem remotamente verdadeiros. Além do mais, Gatsby me contou todas essas coisas durante um período confuso, em que cheguei a acreditar em tudo e nada do que diziam a seu respeito. Por isso aproveitei esse breve interlúdio, enquanto meu vizinho, por assim dizer, recobrava o fôlego, para varrer esse conjunto de equívocos.

Também houve um interlúdio em meu envolvimento com ele. Durante muitas semanas não o vi nem ouvi sua voz pelo telefone — passei a maior parte do tempo em Nova York, andando com Jordan e tentando cair nas graças de sua tia senil —, até que enfim me dirigi à sua casa em uma tarde de domingo. Passados nem dois minutos da minha chegada, alguém entrou na residência ao lado de Tom Buchanan para pegar uma bebida. Fui surpreendido, óbvio, mas o mais surpreendente era isso não ter acontecido antes.

Era um grupo de três pessoas a cavalo — Tom, um homem chamado Sloane e uma bela mulher de traje marrom de equitação que já estivera ali antes.

— É um prazer revê-la — disse Gatsby no pórtico. — Fico honrado com sua visita.

Como se eles se importassem!

— Sentem-se. Peguem um cigarro ou um charuto. — Ele perambulou depressa pela sala, tocando sinetas. — Vou providenciar algo para vocês beberem em um minutinho.

Gatsby ficou profundamente abalado com a presença de Tom. Mas teria ficado inquieto de qualquer modo enquanto não lhes oferecesse alguma coisa, pois percebera vagamente que esse era o único propósito de sua presença ali. O sr.

Sloane não queria nada. Uma limonada? Não, obrigado. Um pouco de champanhe? Não quero nada mesmo, obrigado... Me desculpe...

— Fizeram um bom passeio?

— As estradas aqui ao redor são muito boas.

— Imagino que os automóveis...

— Pois é.

Guiado por um impulso irresistível, Gatsby se virou para Tom, que aceitara ser apresentado como um estranho.

— Acredito que já nos encontramos antes, sr. Buchanan.

— Ah, sim — disse Tom com cortesia áspera, mas claramente sem conseguir se lembrar. — Foi mesmo. Eu me lembro muito bem.

— Cerca de duas semanas atrás.

— Isso mesmo. Você estava com o Nick.

— Conheço sua esposa — prosseguiu Gatsby, quase agressivo.

— É mesmo?

Tom se virou para mim.

— Você mora aqui por perto, Nick?

— Na casa ao lado.

— É mesmo?

O sr. Sloane não participou da conversa e se esparramou na poltrona em uma postura desdenhosa; a mulher tampouco disse algo — até que, inesperadamente, após dois highballs, assumiu um tom amigável.

— Viremos todos à sua próxima festa, sr. Gatsby — a mulher sugeriu. — O que acha?

— Perfeito; seria um prazer recebê-los.

— Seria bom — falou o sr. Sloane com ingratidão. — Bem... acho que é melhor irmos voltando para casa.

— Por favor, não tenham pressa — insistiu Gatsby.

Agora ele se encontrava em pleno controle de si e queria conhecer Tom melhor.

— Por que vocês... por que não ficam para o jantar? Não me surpreenderia se aparecesse mais alguém de Nova York.

— Venha você jantar *comigo* — disse a mulher com entusiasmo. — Vocês dois.

Aquilo me incluía. O sr. Sloane se pôs de pé.

— Venha, vamos — ele chamou, mas se dirigia apenas a ela.

— É sério — insistiu ela. — Eu adoraria recebê-los. Tem bastante espaço para vocês.

Gatsby me lançou um olhar interrogativo. Ele queria ir e não percebera que o sr. Sloane determinara o contrário.

— Infelizmente não posso — respondi.

— Bem, venha você — a mulher pediu, concentrando-se em Gatsby.

O sr. Sloane murmurou alguma coisa perto do ouvido dela.

— Não vamos nos atrasar se começarmos agora — ela insistiu em voz alta.

— Não tenho cavalo — disse Gatsby. — Costumava montar no exército, mas nunca comprei um. Precisarei segui-los em meu carro. Me deem licença por um minutinho.

Fomos sem ele até a varanda, onde Sloane e a mulher deram início a uma inflamada conversa reservada.

— Meu Deus, acho que o homem vai mesmo — comentou Tom. — Não sabe que ela não o quer lá?

— Ela disse que o quer lá.

— Ela vai oferecer um grande jantar ao qual não comparecerá nenhum conhecido dele. — Tom franziu o cenho. — Fico pensando de onde diabos ele conhece Daisy. Por Deus, talvez minhas ideias sejam antiquadas, mas hoje em dia as mulheres circulam demais para o meu gosto. Acabam conhecendo cada tipo de maluco.

De repente o sr. Sloane e a mulher desceram os degraus e montaram em seus cavalos.

— Vamos — o sr. Sloane disse a Tom. — Estamos atrasados. Temos que ir.

E então para mim:

— Diga que não pudemos esperar, por favor.

Troquei um aperto de mão com Tom e acenos frios com os demais antes que descessem a estrada a um trote apressado, desaparecendo em meio à folhagem de agosto no exato instante em que Gatsby surgia na porta da frente com um chapéu e um casaco leve em mãos.

Tom ficou visivelmente perturbado ao saber que Daisy andava por aí sozinha, pois na noite do sábado seguinte ele apareceu com ela na festa de Gatsby. Talvez sua presença tenha conferido àquela noite um peculiar aspecto opressivo — ela se diferencia em minha memória das outras festas que Gatsby ofereceu naquele verão. Eram as mesmas pessoas, ou ao menos o mesmo tipo de pessoas, a mesma abundância de champanhe, o mesmo alvoroço dissonante e multicolorido, mas eu sentia um desconforto no ar, uma aridez penetrante que jamais sentira ali. Ou quem sabe eu simplesmente houvesse me acostumado àquilo, me acostumado a aceitar o West Egg como um mundo fechado, com seus próprios padrões e suas particulares figuras de destaque, sem nenhum rival à altura porque tudo isso se dava em um nível inconsciente; e agora eu olhava para o West Egg outra vez, pelos olhos de Daisy. É sempre triste ver pelos olhos dos outros aquilo em que investimos nossa própria capacidade de adaptação.

Eles chegaram ao anoitecer e, enquanto passeávamos em meio às centenas de pessoas, a voz de Daisy murmurava belos floreios.

— Essas coisas me deixam tão animada — sussurrou. — Se quiser me beijar em algum momento da noite, Nick, basta dizer e ficarei contente em atendê-lo. Basta mencionar o meu nome. Ou apresentar um cartão verde. Estou distribuindo cartões ver...

— Dê uma olhada ao seu redor — sugeriu Gatsby.

— Estou olhando ao redor. Estou tendo uma excelente...

— Você deve reconhecer o rosto de muita gente sobre quem já deve ter ouvido falar.

Os olhos arrogantes de Tom vagaram pela multidão.

— A gente não é de sair muito — ele disse. — Na verdade, estava pensando agora mesmo que não conheço uma única alma aqui.

— Talvez conheça aquela senhorita.

Gatsby indicou uma mulher exuberante, quase uma orquídea por sua beleza tão pouco humana, sentada sob uma ameixeira branca. Tom e Daisy a observaram com o peculiar sentimento de irrealidade que acompanha o reconhecimento de uma até então fantasmagórica celebridade do cinema.

— Ela é adorável — comentou Daisy.

— O homem recostado nela é seu diretor.

Gatsby os guiou de grupo em grupo com grande cerimônia.

— Senhora Buchanan... e sr. Buchanan... — Após um instante de hesitação ele acrescentava: "o jogador de polo".

— Ah, não — objetava Tom no ato. — De modo algum.

Mas a sonoridade dessa apresentação sem dúvidas agradava Gatsby, pois Tom continuou sendo "o jogador de polo" pelo resto da noite.

— Nunca vi tantas celebridades! — Daisy exclamou. — Gostei daquele homem... como era mesmo seu nome? Aquele de nariz meio azulado.

Gatsby o identificou, e acrescentou que era um pequeno produtor.

— Bem, gostei dele mesmo assim.

— Até preferiria não ser o jogador de polo — Tom disse em tom afável. — Preferiria ver todas essas pessoas famosas em... em pleno anonimato.

Daisy e Gatsby dançaram. Lembro de me surpreender com seus passos clássicos e graciosos no foxtrote — jamais o vira dançar antes. Então os dois caminharam até minha casa e ficaram sentados nos degraus de entrada durante meia hora enquanto permaneci de vigia no jardim a pedido dela: "Caso haja uma enchente ou um incêndio", justificou, "ou qualquer ato divino".

Tom ressurgiu de seu anonimato quando nos sentamos juntos para a refeição.

— Importam-se de eu comer com aquelas pessoas ali? — ele falou. — Um sujeito está contando uma história engraçada.

— Vá em frente — Daisy respondeu com ternura. — Se quiser anotar algum endereço, aqui está meu pequeno lápis de ouro...

Ela olhou ao redor após um instante e me disse que a moça era "comum, mas bonita"; percebi que, exceto pela meia hora que passara sozinha ao lado de Gatsby, Daisy não estava se divertindo.

Sentamo-nos em uma mesa particularmente bêbada. Por culpa minha: Gatsby fora atender um telefonema, e escolhi um grupo de pessoas cuja companhia me agradara duas semanas antes. Mas o que então me divertira agora apodrecia no ar.

— Está se sentindo bem, srta. Baedeker?

A destinatária dessa pergunta era uma garota que tentava se escorar em meu ombro, sem sucesso. Diante dessa pergunta ela voltou a sentar e abriu os olhos.

— Quêê?

Uma mulher letárgica e gorducha, que pouco antes insistira que Daisy jogasse golfe com ela no clube local no dia seguinte, interveio em defesa da srta. Baedeker:

— Ah, agora ela está melhor. Depois do quinto ou sexto coquetel ela sempre começa a gritar desse jeito. Já disse que ela precisa pegar leve.

— Eu pego leve — afirmou a acusada, etereamente.

— Escutamos seus gritos, por isso disse ao dr. Civet aqui: "Alguém está precisando de sua ajuda, doutor".

— Ela fica muito agradecida, tenho certeza — disse outra amiga, sem nenhuma gratidão. — Mas você encharcou o vestido dela quando enfiou sua cabeça na piscina.

— Se tem algo que odeio é ter minha cabeça enfiada na piscina — resmungou a srta. Baedeker. — Ela quase me afogou uma vez em Nova Jersey.

— Então é melhor pegar leve — rebateu o dr. Civet.

— Olhe-se no espelho! — gritou a srta. Baedeker, furiosa. — Suas mãos tremem. Eu jamais deixaria que você me operasse!

Esse era o clima. Uma das últimas coisas que me lembro de ter feito foi levantar com Daisy e assistir aos movimentos do diretor de cinema e sua Estrela. Os dois ainda estavam sentados sob a cerejeira branca, e seus rostos estavam separados apenas por um pálido e estreito fio de luar. Ocorreu-me que ele passara a noite inteira se inclinando lentamente na direção dela até alcançar aquela proximidade, e enquanto os observava eu o vi superar o último estágio e beijá-la na bochecha.

— Gostei dela — disse Daisy. — Achei-a adorável.

Mas todo o resto a ofendeu — e de maneira incontestável, pois não se tratava de um gesto, senão de um sentimento. Ela ficou aterrorizada com o West Egg, aquele "lugar" sem precedentes que a Broadway engendrara em uma vila pesqueira de Long Island — aterrorizada com o vigor brutal que se escondia detrás dos velhos eufemismos e com o destino demasiado importuno que reunia seus habitantes naquela espécie de atalho que levava do nada para o nada. Daisy via naquela simplicidade algo de repugnante, que era incapaz de compreender.

Sentei-me com eles na escada da frente enquanto esperavam seu carro. Estava escuro ali fora; apenas a porta iluminada projetava uma rajada de luz sobre um metro quadrado da suave escuridão matutina. Às vezes uma sombra se movia em um vestíbulo acima de nós, para então dar lugar a outra sombra, uma procissão indefinida de sombras, aplicando ruge e pó de arroz diante de um espelho invisível.

— Quem é Gatsby afinal de contas? — indagou Tom de supetão. — Um grande contrabandista de bebidas?

— Onde você ouviu isso? — perguntei.

— Não ouvi. Presumi. Muitos desses novos ricos são apenas grandes contrabandistas, sabe.

— Gatsby não — respondi lacônico.

Ele ficou em silêncio por um momento. As pedras da via de acesso crepitavam esmagadas por seus pés.

— Bem, sem dúvidas ele deve ter feito um esforço e tanto para reunir essa coleção de espécimes exóticos.

Uma brisa sacudiu a névoa cinzenta da gola de pele de Daisy.

— Pelo menos são mais interessantes do que as pessoas que conhecemos — ela retrucou com esforço.

— Você não pareceu tão interessada.

— Bem, eu estava.

Tom riu e se virou para mim.

— Reparou na cara de Daisy quando aquela garota pediu para lhe darem um banho frio?

Daisy começou a cantarolar, acompanhando a música com um sussurro rouco e ritmado, conferindo a cada palavra significados que jamais tiveram antes ou voltariam a ter. Quando a melodia se tornava mais aguda, sua voz também subia com doçura em seu encalço, de um jeito característico das vozes de contralto. Cada mudança tonal liberava no ar um pouco de sua calorosa magia humana.

— Muita gente vem sem ser convidada — ela disse de repente. — Aquela moça não tinha sido convidada. Simplesmente forçam a entrada, e ele é educado demais para barrar.

— Gostaria de saber quem ele é e o que faz — insistiu Tom. — E acho que farei questão de descobrir.

— Posso lhe contar agora mesmo — Daisy respondeu. — Era proprietário de algumas lojas de conveniência, muitas lojas de conveniência. Ele mesmo as construiu.

A vagarosa limusine veio rodando até o ponto onde estávamos.

— Boa noite, Nick — disse Daisy.

Ela desviou o olhar de mim e buscou o topo iluminado da escada, onde "Three O'Clock in the Morning", uma valsinha triste daquele ano, saía pela porta. No fim das contas, o espírito casualíssimo das festas de Gatsby abrigava possibilidades românticas totalmente alheias ao mundo dela. Que aspecto daquela canção parecia chamá-la de volta para dentro? O que aconteceria agora, naquelas horas indistintas e incalculáveis? Talvez chegasse algum convidado inacreditável, uma pessoa infinitamente rara e de se admirar, alguma jovem moça de brilho autêntico que, com um olhar fresco na direção de Gatsby, em um instante mágico de encontro, desmancharia aqueles cinco anos de devoção inabalável.

    Fiquei até tarde naquela noite. Gatsby pediu que eu aguardasse até ele estar livre, e fiquei no jardim até que a inevitável trupe de nadadores aparecesse correndo, exaltada e friorenta, ao retornar da praia escura, até que as luzes se extinguissem nos quartos de visitas do segundo andar. Quando o anfitrião enfim desceu as escadas, a pele bronzeada de seu rosto estava atipicamente repuxada e seus olhos estavam brilhantes e cansados.

— Ela não gostou — disse Gatsby sem rodeios.

— Claro que gostou.

— Ela não gostou — insistiu. — Não estava se divertindo.

    Ele ficou em silêncio e reconheci seu abatimento inexprimível.

— Sinto-me distante dela. É difícil fazê-la compreender.

— Você se refere à dança?

— À dança? — Gatsby descartou todas as danças que havia dançado com um estalo dos dedos. — Meu velho, a dança não tem importância.

    Ele não queria nada menos do que Daisy chegando para Tom e dizendo: "Eu nunca te amei". Depois que ela obliterasse quatro anos de sua vida com essa frase, poderia acertar ao lado de Gatsby as medidas práticas a serem tomadas. Uma delas seria retornarem a Louisville tão logo Daisy estivesse desimpedida e se casarem em sua cidade natal — como no plano de cinco anos atrás.

— E ela não entende — continuou Gatsby. — Antes entendia. Passávamos horas sentados...

Ele se calou e começou a andar de um lado para o outro pela trilha de cascas de fruta, lembrancinhas descartadas e flores esmagadas.

— Eu não pediria tanto assim dela — arrisquei. — Não se pode repetir o passado.

— Não se pode repetir o passado? — vociferou, incrédulo. — Mas é claro que se pode!

Olhou ao redor com ferocidade, como se o passado estivesse à espreita nas sombras de sua casa, pouco além do alcance de sua mão.

— Vou deixar tudo do jeito que era antes — ele disse, balançando a cabeça com determinação. — Ela vai ver.

Gatsby falou muito sobre o passado, e compreendi que ele desejava recuperar alguma coisa, talvez uma ideia de si, que acompanhara seu amor por Daisy. A partir dali sua vida se tornara confusa e desordenada; mas se ao menos ele pudesse retornar a um dado ponto de partida e fazer tudo de novo, devagarinho, poderia descobrir o que era essa coisa...

... Em uma noite de outono, cinco anos antes, os dois andavam pela rua enquanto as folhas caíam, e chegaram a um local onde não havia árvores e a calçada refletia a luz branca da lua. Eles pararam ali e se viraram um para o outro. A noite agora era fria e carregava a misteriosa euforia trazida todos os anos pelas duas grandes mudanças de estação. As luzes silenciosas dentro das casas cantarolavam na escuridão do lado de fora e as estrelas se agitavam inquietas. Com o canto do olho, Gatsby reparou que as lajotas da calçada formavam uma escada e levavam a um lugar secreto sobre as árvores — ele podia subir, se subisse sozinho, e uma vez lá em cima poderia beber do seio da vida, sugar o incomparável leite da fascinação.

Seu coração batia cada vez mais rápido conforme o rosto branco de Daisy se aproximava do seu. Ele sabia que, tão logo beijasse aquela garota, atrelando para sempre seu hálito fugaz às suas próprias fantasias inexprimíveis, nunca mais poderia deixar a mente correr solta como a mente de Deus. Então esperou, ouvindo por mais alguns instantes o diapasão que batia contra uma estrela. E a beijou. Ao toque dos lábios dele, ela desabrochou como uma flor e a encarnação se completou.

Tudo o que Gatsby dizia, até mesmo seu sentimentalismo estarrecedor, me fazia lembrar de alguma coisa — um ritmo fugidio, um fragmento de palavras perdidas, que já havia escutado em algum lugar muito tempo atrás. Por um momento, uma frase tentou se formar em minha boca e meus lábios se separaram como os de um idiota, como se pressionados por algo além de um sopro de espanto. Mas não proferiram nenhum som, e aquilo de que quase me lembrei tornou-se para sempre incomunicável.

A curiosidade acerca de Gatsby estava no auge quando as luzes de sua casa deixaram de ser acesas em plena noite de sábado — e, de maneira tão obscura como havia começado, sua carreira de Trimálquio chegou ao fim. Só aos poucos percebi que os automóveis que aportavam diante de sua casa repletos de expectativa se demoravam ali apenas um minuto antes de se afastarem amuados. Receando que meu amigo estivesse doente, decidi ir até lá averiguar — um mordomo com cara de vilão que nunca vira antes me olhou desconfiado na porta da frente.

— O sr. Gatsby está doente?

— Não. — Após uma pausa ele acrescentou "senhor", com relutância e morosidade.

— Não o tenho visto por aí e fiquei preocupado. Diga a ele que o sr. Carraway passou aqui.

— Quem? — indagou o mordomo com rudeza.

— Carraway.

— Carraway. Tudo bem, direi a ele.

E bateu a porta abruptamente.

Minha finlandesa informou que Gatsby havia dispensado todos os criados de sua casa uma semana antes e os substituíra por meia dúzia de outros. Estes jamais iam ao centro do West Egg para serem subornados pelos comerciantes, preferindo em vez disso encomendar quantidades módicas de suprimentos por telefone. O entregador relatou que a cozinha parecia um chiqueiro, e no bairro corria a opinião de que os novos contratados nem sequer eram empregados.

Gatsby telefonou para mim no dia seguinte.

— Está de mudança? — perguntei.

— Não, meu velho.

— Ouvi dizer que você demitiu toda a criadagem.

— Queria gente que não fizesse fofoca. Daisy tem me visitado com frequência, na parte da tarde.

Então toda a sua hospitalidade desmoronara feito um castelo de cartas frente à desaprovação de Daisy.

— É um pessoal que Wolfshiem queria ajudar. São todos irmãos e irmãs. Costumavam tocar um pequeno hotel.

— Entendi.

Telefonara-me a pedido de Daisy — será que eu estaria disposto a almoçar na casa dela amanhã? A srta. Baker estaria lá. Meia hora depois a própria Daisy me telefonou e pareceu aliviada ao ouvir que eu iria. Algo estava acontecendo. Ainda assim eu era incapaz de acreditar que os dois escolheriam aquela ocasião para armar uma cena — em especial uma cena tão angustiante como aquela que Gatsby havia arquitetado em seu jardim.

O dia seguinte foi tórrido, um dos últimos, e sem dúvidas o mais quente, daquele verão. Quando meu trem saiu do túnel e mergulhou na luz do sol, somente os apitos estridentes da National Biscuit Company perturbavam o silêncio fervilhante do meio-dia. Os assentos de palha em meu vagão estavam à beira da combustão; por um tempo a mulher ao meu lado transpirou de leve sob a camisa branca, e então, quando seu jornal já estava úmido pelo contato com seus dedos, cedeu desesperada ao calor pérfido com um lamento desolado. Sua carteira caiu no chão.

— Ah, nossa! — arfou.

Exaurido, inclinei-me para pegá-la do chão e devolvê-la à proprietária, sem jamais deixar de segurá-la apenas pelas extremidades, e com o braço bem estendido, para deixar claro que não tinha nenhum interesse nela — mas todos ao meu redor, inclusive a mulher, suspeitaram de mim do mesmo jeito.

— Que calor! — dizia o cobrador a alguns rostos familiares. — Que tempinho! Que calor! Que calor! Que calor! Tá bom de calor ou quer mais? Tá com calor? Tá?...

Ele devolveu meu bilhete com uma mancha escura provocada por sua mão. E pensar que em um calor daqueles alguém era capaz de se preocupar com os lábios corados que outrora beijara, com a cabeça que umedecia o bolso de seu pijama na altura do coração!

... Uma brisa leve soprava pelo hall de entrada da casa dos Buchanan, transportando o toque do telefone até meus ouvidos e os de Gatsby enquanto esperávamos à porta.

— O carro do patrão?! — rugiu o mordomo no bocal. — Sinto muito, madame, mas não podemos providenciá-lo... a tarde está quente demais para mexermos nele!

O que ele disse na verdade foi:

— Sim... sim... Vou ver.

Colocou o telefone de volta no gancho e caminhou até nós, deslizando com leveza, para se encarregar de nossos chapéus de palha firme.

— A madame espera-os no salão! — bradou, indicando sem necessidade o caminho. Naquele calor, cada gesto adicional era uma afronta à conservação básica da vida.

A sala, bem protegida da luz por alguns toldos, estava fresca e escura. Daisy e Jordan esperavam recostadas em um imenso sofá, como ídolos de prata, segurando os vestidos brancos para protegê-los da brisa melodiosa dos ventiladores.

— Não conseguimos nos mexer — disseram juntas.

Os dedos de Jordan, com uma camada de pó branco sobre a pele bronzeada, repousaram por um momento sobre os meus.

— E onde está o sr. Thomas Buchanan, o atleta? — indaguei.

Enquanto dizia isso escutei sua voz, abafada, rouca, áspera, no telefone da sala.

Gatsby estava no centro do tapete vermelho e olhou ao redor fascinado. Daisy o observou e soltou sua risada doce e cativante; uma minúscula rajada de pó de maquiagem se descolou de seu peito e alçou voo.

— Dizem os rumores — sussurrou Jordan — que é a namorada de Tom no telefone.

Fizemos silêncio. A voz na sala se ergueu com incômodo:

— Então tá, muito bem, não vou te vender o carro... não assumi nenhuma obrigação com você... e não vou tolerar você me perturbando com esse assunto na hora do almoço!

— Está segurando o gancho — disse Daisy cínica.

— Não, não está — garanti. — Esse negócio existe mesmo. Fiquei sabendo dele por acaso.

Tom escancarou a porta, bloqueando por um instante todo o vão com a robustez de seu corpo, e entrou depressa na sala.

— Senhor Gatsby! — Ele estendeu a mão ampla e chata com uma antipatia bem disfarçada. — Fico contente em vê-lo, senhor... Nick...

— Prepare uma bebida gelada para nós — berrou Daisy.

Depois que Tom saiu da sala outra vez, ela foi até Gatsby e puxou seu rosto para baixo para lhe dar um beijo na boca.

— Você sabe que eu te amo — murmurou.

— Esqueceu-se de que há uma dama presente no recinto? — disse Jordan.

Daisy olhou ao redor, hesitante.

— Pode beijar o Nick também.

— Que mulher baixa e vulgar!

— Não estou nem aí! — bradou Daisy, e começou a sapatear nos tijolos defronte à lareira. Então se lembrou do calor e sentou-se culpada no sofá no exato instante em que uma babá entrava na sala trazendo uma garotinha pela mão.

— Coi-sa mais a-ma-da — Daisy cantou baixinho, segurando os braços da menina. — Venha com a mamãe que te ama.

A criança soltou a mão da babá e atravessou a sala correndo, indo se aninhar, envergonhada, no vestido da mãe.

— Coi-sa mais a-ma-da! A mamãe já passou talco em seus belos cabelos loiros? Agora levante-se e diga Oi-tu-do-bem.

Gatsby e eu nos agachamos e apertamos a mãozinha pequena e relutante. Depois ele ficou olhando surpreso para a garota. Acho que jamais acreditara de fato em sua existência até então.

— Me vestiram antes do almoço — ela disse, virando-se entusiasmada para Daisy.

— É porque sua mãe queria te exibir. — Ela afundou o rosto em seu pescocinho branco. — Coisinha linda da mamãe. Você não é a coisa mais linda?

— Sou — a criança admitiu calmamente. — A tia Jordan também está de vestido branco.

— O que acha dos amigos da mamãe? — Daisy a virou para que ficasse de frente para Gatsby. — Acha eles bonitos?

— Cadê o papai?

— Ela não se parece nada com o pai — explicou Daisy. — É parecida comigo. Tem o meu cabelo e o meu formato de rosto.

Daisy voltou a se sentar no sofá. A babá avançou um passo e segurou a mão da menina.

— Venha, Pammy.

— Tchau, meu docinho!

Lançando um olhar relutante para trás, a garotinha disciplinada segurou a mão da babá e se deixou ser conduzida porta afora justo quando Tom retornava, trazendo quatro gin rickeys cheios de gelo estralando.

Gatsby pegou sua bebida.

— Parecem mesmo refrescantes — disse, com palpável tensão.

Bebemos o drinque a goles longos e ávidos.

— Li em algum lugar que o sol está ficando mais quente a cada ano — falou Tom, amigável. — Parece que logo, logo a Terra vai ser engolida pelo sol... ah, quer dizer... ao contrário, o sol está ficando mais frio a cada ano.

— Vamos lá pra fora — ele sugeriu a Gatsby. — Quero te mostrar a casa.

Acompanhei-os até a varanda. No estreito verde, estagnado em meio ao calor, um pequeno barco a vela se arrastava devagarinho rumo às águas mais frescas do mar. Os olhos de Gatsby o acompanharam por um momento; ele ergueu a mão e apontou para o outro lado da baía.

— Moro bem de frente para vocês.

— É verdade.

Nossos olhos vagaram pelas roseiras, pelo gramado quente e pelas algas que o mar depositava na praia após tantos dias de calor. Aos poucos os flancos brancos do barco avançavam ao encontro do azul fresco do céu. À sua frente havia apenas o oceano fragmentário e suas diversas ilhas abençoadas.

— Eis um bom esporte — disse Tom com um aceno. — Gostaria de passar uma horinha com ele lá.

Almoçamos na sala de jantar, que também estava às escuras para nos proteger do calor, e bebemos cerveja gelada acompanhada de uma alegria nervosa.

— O que será de nós hoje à tarde — perguntou Daisy —, e amanhã, e nos próximos trinta anos?

— Não seja mórbida — respondeu Jordan. — A vida sempre recomeça com o frescor do outono.

— Mas está tão quente — insistiu Daisy, à beira das lágrimas. — E tudo está tão confuso. Vamos todos à cidade!

Sua voz cortava o calor com sofreguidão, lutando contra ele, dando forma à sua falta de sentido.

— Já ouvi falar de gente que transformou seu estábulo em garagem — Tom dizia a Gatsby —, mas fui o primeiro homem que transformou a garagem em estábulo.

— Quem quer ir à cidade? — insistiu Daisy.

Os olhos de Gatsby se deslocaram na direção dela.

— Ah — ela exclamou —, você parece tão sereno.

Seus olhos se encontraram, e os dois se encararam reciprocamente, sozinhos no espaço. Ela desviou o olhar para a mesa com esforço.

— Você parece sempre tão sereno — repetiu.

Ela havia declarado seu amor por ele, e Tom Buchanan percebeu. Ficou estupefato. Sua boca se abriu um pouco e ele olhou para Gatsby e então de volta para Daisy, como se houvesse acabado de ver nela uma conhecida de muito tempo atrás.

— Você lembra um personagem de anúncio publicitário — ela continuou, inocente. — Sabe, esses homens dos anúncios...

— Certo — interrompeu Tom depressa —, estou perfeitamente disposto a ir à cidade. Vamos... iremos todos à cidade.

Ele se levantou, os olhos ainda saltitando entre Gatsby e a esposa. Ninguém se moveu.

— Vamos! — Uma fissura rompeu sua tranquilidade. — Qual é o problema, afinal? Se vamos à cidade, é melhor nos mexermos.

Suas mãos, tremendo com o esforço de autocontrole, levaram aos seus lábios a cerveja que ainda restava em seu copo. A voz de Daisy fez todos nos levantarmos e caminharmos até a brita escaldante da entrada.

— Vamos assim, sem mais nem menos? — ela objetou. — Não vamos nem deixar as pessoas fumarem um cigarro antes?

— Todos fumaram durante o almoço inteiro.

— Ah, vamos nos divertir um pouco — ela implorou. — Está quente demais para se exasperar.

Tom não respondeu.

— Faremos como você preferir — Daisy disse. — Vamos, Jordan.

As duas foram se arrumar no andar de cima enquanto nós homens ficamos ali, revirando as pedras com os pés. Uma curva prateada da lua já despontava na porção ocidental do céu. Gatsby começou a falar, mudou de ideia, mas Tom já havia se virado para ele e o fitava com expectativa.

— Seu estábulo fica perto? — Gatsby perguntou com esforço.

— Cerca de meio quilômetro descendo a estrada.

— Ah.

Uma pausa.

— Não entendo essa vontade de ir à cidade — Tom irrompeu exaltado. — As mulheres enfiam cada ideia na cabeça...

— Não seria bom levarmos algo para beber? — berrou Daisy de uma janela do andar de cima.

— Vou levar uísque — respondeu Tom.

Ele entrou na casa. Gatsby se voltou para mim, rígido:

— Não posso dizer nada na casa dele, meu velho.

— Ela tem uma voz indiscreta — apontei. — Uma voz cheia de...

Hesitei.

— Uma voz cheia de dinheiro — ele disse de repente.

Era isso. Eu nunca havia entendido até então. Era cheia de dinheiro — era esse o inexaurível charme de suas subidas e descidas de tom, seu timbre, sua melodia de címbalos... lá no alto do palácio, a filha do rei, a garota de ouro...

Tom saiu da casa embrulhando uma garrafa em uma toalha, e atrás vieram Daisy e Jordan, trajando pequenos chapéus de tecido metalizado, cada uma com uma capa fina no braço.

— Vamos todos em meu carro? — sugeriu Gatsby. Ele sentiu o calor do assento de couro verde. — Devia ter estacionado na sombra.

— É câmbio manual? — inquiriu Tom.

— Sim.

— Bem, pegue o meu cupê e deixe que eu levo o seu carro até a cidade.

A sugestão desagradou Gatsby.

— Acho que está com pouca gasolina — objetou.

— Tem bastante gasolina — disse Tom, intempestivo. Ele olhou para o medidor. — Se acabar, eu paro em uma loja de conveniência. Hoje em dia se encontra de tudo em uma loja de conveniência.

Esse comentário aparentemente inútil foi seguido por uma pausa. Daisy olhou para Tom franzindo o cenho, e uma expressão indefinível, ao mesmo tempo desconhecida e vagamente familiar, como se eu já a tivesse ouvido ser descrita com palavras, perpassou o rosto de Gatsby.

— Venha, Daisy — chamou Tom, impelindo-a com a mão em direção ao carro de Gatsby. — Vou levá-la nesse vagão de circo.

Ele abriu a porta, mas ela se desvencilhou de seus braços.

— Leve Nick e Jordan. Seguiremos vocês no cupê.

Ela caminhou para perto de Gatsby, tocando o casaco dele. Jordan, Tom e eu nos acomodamos no assento dianteiro do carro de Gatsby. Tom experimentou a embreagem e disparamos no calor opressivo, tomando distância até os perdermos de vista.

— Viram só aquilo? — indagou Tom.

— Vimos o quê?

Ele me lançou um olhar penetrante, dando-se conta de que Jordan e eu já devíamos saber de tudo.

— Vocês acham que sou burro, não acham? — sugeriu. — Talvez até seja, mas tenho um... quase um sexto sentido que, de vez em quando, me diz o que devo fazer. Talvez vocês não acreditem nisso, mas a ciência...

Tom se deteve. Foi assaltado pela necessidade de tomar medidas práticas e imediatas, e isso o afastou da beira do abismo teórico.

— Fiz uma pequena investigação a respeito desse sujeito — prosseguiu. — Poderia ter ido mais fundo, caso soubesse...

— Quer dizer que você foi ver um médium? — indagou Jordan, sarcástica.

— Quê? — Ele olhou para nós, confundido por nossas risadas. — Um médium?

— A respeito de Gatsby.

— A respeito de Gatsby! Não, não visitei. Eu disse que andei fazendo uma pequena investigação sobre seu passado.

— E descobriu que ele estudou em Oxford — disse Jordan, diligente.

— Estudou em Oxford! — Ele estava incrédulo. — Até parece! Ele usa terno cor-de-rosa!

— E ainda assim estudou em Oxford.

— Só se for a pequena Oxford do Novo México — bufou Tom, desdenhoso —, ou algo do gênero.

— Tom, me escute. Se você é tão esnobe assim, por que o convidou para almoçar? — quis saber Jordan, zangada.

— Foi Daisy quem convidou; ela o conhecia desde antes de nos casarmos, sabe Deus de onde!

Estávamos todos irritadiços pelo término do efeito da cerveja e, cientes disso, seguimos por um tempo em silêncio. Quando os olhos esgaçados do dr. T. J. Eckleburg despontaram mais adiante na estrada, lembrei-me da advertência de Gatsby quanto à gasolina.

— Temos o suficiente para chegar até a cidade — disse Tom.

— Mas há uma bomba de gasolina bem aqui — objetou Jordan. — Não quero ficar presa nesse forno.

Tom puxou os freios, impaciente, e derrapamos até pararmos abruptamente em meio a uma nuvem de poeira logo abaixo do letreiro "Wilson". Passados alguns instantes, o proprietário saiu do interior de seu estabelecimento e fitou o carro com olhar vazio.

— Queremos um pouco de gasolina! — ralhou Tom. — Acha que paramos por quê, para admirar a vista?

— Estou doente — disse Wilson sem se mexer. — Passei o dia inteiro doente.

— O que você tem?

— Estou esgotado.

— Bem, posso abastecer? — quis saber Tom. — Você parecia bem saudável no telefone.

Wilson se esforçou para deixar a sombra e o batente da porta onde estava escorado e, com a respiração pesada, desenroscou a tampa do tanque. À luz do sol seu rosto parecia verde.

— Não pretendia interromper seu almoço — Wilson começou a falar. — Mas preciso muito de dinheiro e fiquei me perguntando o que você pretende fazer com seu antigo carro.

— Gostou desse? — perguntou Tom. — Comprei semana passada.

— É um belo carango amarelo — disse ele, estendendo o braço para alcançar a bomba.

— Quer comprar?

— Uma grande oportunidade — Wilson sorriu de leve. — Não, mas poderia ganhar um bom dinheiro com o outro.

— E por que precisa de dinheiro, assim de repente?

— Estou aqui há tempo demais. Quero ir embora. Minha mulher e eu queremos ir para o Oeste.

— Sua mulher?! — exclamou Tom, pego de surpresa.

— Ela fala nisso já tem uns dez anos. — Ele se recostou na bomba por um momento, protegendo os olhos do sol. — E agora vai comigo, querendo ou não. Vou levá-la para lá.

O cupê passou por nós de relance, acompanhado por um borrão de poeira e o vislumbre de um aceno.

— Quanto te devo? — Tom perguntou, ríspido.

— Fiquei sabendo de um negócio engraçado nos últimos dois dias — observou Wilson. — Por isso resolvi cair fora. Por isso andei te incomodando por causa do carro.

— Quanto te devo?

— Um dólar e vinte.

O calor implacável que nos açoitava já estava me deixando confuso, e passei por maus bocados até entender que as suspeitas de Wilson ainda não haviam recaído sobre Tom. Ele havia descoberto que Myrtle tinha uma espécie de segunda vida em um mundo diferente, e o choque da descoberta o deixara fisicamente doente. Fitei-o antes de voltar os olhos para Tom, que havia feito uma descoberta análoga menos de uma hora antes — e ocorreu-me que nenhuma diferença entre os homens, fosse de raça ou de inteligência, era mais profunda que a diferença entre o doente e o saudável. Wilson estava tão doente que parecia culpado, imperdoavelmente culpado — como se houvesse acabado de engravidar uma moça pobre.

— Vou deixar você ficar com o carro — disse Tom. — Vou mandar entregar aqui amanhã à tarde.

Aquela área sempre fora um pouco inquietante, mesmo sob o brilho intenso da tarde, e virei a cabeça como se houvessem me alertado de que algo se aproximava por trás de mim. Acima dos montes de cinzas, os olhos gigantes do dr.

T. J. Eckleburg seguiam em vigília, mas após um momento percebi que outro par de olhos nos fitava com singular intensidade a menos de dez metros de distância.

Em uma das janelas superiores da oficina, Myrtle Wilson havia puxado as cortinas um pouquinho de lado e espiava o carro lá embaixo. Estava tão absorta que nem percebeu que eu a observava, e as emoções se sucediam em seu rosto como objetos enquadrados em um filme lento. Sua expressão era curiosamente familiar — a mesma expressão que eu via com frequência em rostos femininos, mas no rosto de Myrtle Wilson aquilo parecia inexplicável e despropositado até o momento em que percebi que seus olhos, arregalados de terror e ciúmes, não olhavam para Tom, mas para Jordan Baker, que ela presumiu ser sua esposa.

Não há nada como a confusão de uma mente simples, e enquanto nos afastávamos da oficina, Tom sentia os cálidos açoites do pânico. Sua mulher e sua amante, seguras e invioláveis até uma hora antes, escapavam precipitadamente de seu controle. O instinto o levou a pisar fundo no acelerador com a dupla intenção de recuperar Daisy e deixar Wilson para trás, e aceleramos rumo a Astoria a oitenta quilômetros por hora até avistarmos, em meio às vigas aracnídeas do elevado, o simpático cupê azul.

— Os grandes cinemas na altura da rua 50 são bem fresquinhos — sugeriu Jordan. — Adoro as tardes de verão em Nova York, quando todos estão fora da cidade. Há algo de sensual, algo maduro, quase passando do ponto, como se frutas exóticas dos mais variados tipos estivessem prestes a cair em nossas mãos.

A palavra "sensual" teve o efeito de deixar Tom ainda mais inquieto, mas antes que ele pudesse inventar alguma queixa, o cupê parou e Daisy fez sinal para encostarmos ao seu lado.

— Aonde vamos? — ela perguntou.

— Que tal um filme?

— Está tão quente — Daisy se queixou. — Vão vocês. Nós vamos dar uma volta e encontramos vocês depois. — Ela se esforçou para demonstrar um pouquinho mais de sagacidade. — Encontraremos vocês em alguma esquina. Eu serei o homem fumando dois cigarros.

— Não tem condições de discutir isso aqui — Tom disse, impaciente, enquanto uma caminhonete buzinava punitivamente atrás de nós. — Me sigam até o lado sul do Central Park, em frente ao Plaza.

Por diversas vezes ele virou a cabeça e olhou para trás em busca do carro deles, e se ficavam presos no tráfego Tom reduzia a velocidade até poder vê-los. Acho que temia que disparassem por uma rua paralela e se afastassem de sua vida para sempre.

Mas não o fizeram. E em um passo difícil de explicar, nosso grupo decidiu ter aquela conversa dentro de uma suíte do Plaza.

A discussão tumultuada e duradoura que acabou conosco dentro daquele quarto me escapa à memória, embora eu lembre com nitidez que, ao longo do episódio, minha cueca escorregava pela minha perna como uma cobra úmida, e frias gotas intermitentes de suor percorriam minhas costas. A ideia surgiu quando Daisy sugeriu alugarmos cinco banheiros para tomarmos banhos frios, e ganhou contornos mais tangíveis com a sugestão de acharmos "um lugar para tomarmos mint juleps". Cada um de nós repetia sem parar que aquela era uma "ideia maluca" — falamos todos ao mesmo tempo com um atendente perplexo e achamos, ou fingimos achar, que estávamos sendo muito engraçados...

O quarto era amplo e sufocante, e, embora já fossem quatro da tarde, abrir as janelas serviu apenas para permitir a entrada de uma lufada de ar quente vinda do parque. Daisy caminhou até o espelho e ficou de costas para nós, ajeitando o cabelo.

— É uma bela suíte — sussurrou Jordan, respeitosa, provocando risadas de todos.

— Abram mais uma janela — Daisy ordenou sem se virar.

— Não há mais janelas.

— Bem, nesse caso é melhor telefonarmos à recepção e pedirmos uma marreta...

— A solução é esquecermos do calor — disse Tom, impaciente. — Você torna as coisas dez vezes piores quando fica se queixando delas.

Ele desenrolou a garrafa de uísque da toalha e colocou-a sobre a mesa.

— Por que não a deixa em paz, meu velho? — observou Gatsby. — Foi você quem quis vir à cidade.

Houve um momento de silêncio. A lista telefônica escorregou do suporte e se esparramou pelo chão, fazendo Jordan sussurrar "Me desculpe" — mas dessa vez ninguém riu.

— Deixe que eu recolho os papéis — ofereci.

— Deixe comigo. — Gatsby examinou o barbante rasgado, murmurou "Hum!" com interesse e atirou o livro sobre uma cadeira.

— Uma bela expressão essa sua, não? — disse Tom, ríspido.

— Como é?

— Esse negócio de "meu velho". De onde você tirou isso?

— Ora, Tom — falou Daisy, virando-se do espelho —, se pretende começar a julgar os outros não ficarei aqui nem mais um segundo. Pegue o telefone e peça um pouco de gelo para o mint julep.

Quando Tom tirou o telefone do gancho, o calor comprimido explodiu em um estrondo e todos escutamos os acordes pomposos da Marcha Nupcial de Mendelssohn no salão de baile abaixo.

— Imaginem se casar com um calor desses! — lamentou Jordan em voz alta.

— Ora... me casei em meados de junho — rememorou Daisy. — Junho em Louisville! Alguém até desmaiou. Quem foi que desmaiou mesmo, Tom?

— Biloxi — respondeu ele, curto e seco.

— Um homem chamado Biloxi. "Blocos" Biloxi, um fabricante de caixas de... juro!... Biloxi, no Tennessee.

— Carregaram-no até a minha casa — complementou Jordan —, porque vivíamos a apenas duas casas da igreja. E ficou lá três semanas inteiras, até papai dizer que ele precisava ir embora. No dia seguinte à sua partida, papai morreu. — Após um momento ela acrescentou: — Os dois fatos não têm relação.

— Conheci um Bill Biloxi de Memphis — observei.

— Era primo dele. Conheci toda a história da família antes de sua partida. Ele me deu um taco de golfe de alumínio que uso até hoje.

A música havia cessado com o início da cerimônia, e agora um longo aplauso se esgueirava janela adentro, logo seguido por berros intermitentes de "Aê-ê-ê", e por fim uma banda de jazz deu início ao baile.

— Estamos ficando velhos — disse Daisy. — Se ainda fôssemos jovens, nos levantaríamos para dançar.

— Lembre-se de Biloxi — Jordan a alertou. — De onde você o conhecia, Tom?

— Biloxi? — Ele fez esforço para se concentrar. — Não o conhecia. Era amigo de Daisy.

— Não era — ela negou. — Nunca o tinha visto antes. Ele foi em um carro particular.

— Bem, ele disse que conhecia você. Disse que tinha se criado em Louisville. Asa Bird apareceu com ele em cima da hora e perguntou se tinha lugar.

Jordan sorriu.

— Devia estar procurando uma carona para casa. Ele me disse que foi representante da sua classe em Yale.

Tom e eu trocamos olhares perdidos.

— *Biloxi*?

— Em primeiro lugar, nem tínhamos representante de...

Os pés de Gatsby tamborilavam inquietos no chão, e de repente Tom o encarou.

— Por sinal, sr. Gatsby, ouvi que você é um homem de Oxford.

— Não exatamente.

— Ah, pois é, tinha entendido que estudara lá.

— Sim, estudei lá.

Uma pausa. Então a voz de Tom, incrédula e desaforada:

— Você deve ter ido pra lá mais ou menos na mesma época em que Biloxi estava em New Heaven.

Outra pausa. Um garçom bateu na porta trazendo hortelã macerada e gelo, mas seu "Obrigado" e o ruído da porta sendo fechada com cuidado não bastaram para romper o silêncio. Finalmente chegara a hora de esclarecer aquele detalhe tão crucial.

— Já falei que estudei lá — disse Gatsby.

— Eu escutei, mas queria saber quando.

— Foi em 1919. Só fiquei lá cinco meses. Por isso não posso dizer exatamente que sou um homem de Oxford.

Tom olhou ao redor para averiguar se sua descrença encontrava eco em nós. Mas todos encarávamos Gatsby.

— Ofereceram essa oportunidade a alguns oficiais após o armistício — ele continuou. — Podíamos escolher qualquer universidade da Inglaterra ou da França.

Tive vontade de me levantar e dar um tapinha em suas costas. Mais uma vez senti a fé cega que eu depositava nele ser renovada.

Daisy se levantou, sorriu de leve e caminhou até a mesa.

— Abra o uísque, Tom — ordenou. — Vou preparar um mint julep para você. Assim não fará mais papel de bobo... vejam só a hortelã!

— Espere um minuto — interrompeu Tom. — Quero fazer mais uma pergunta ao sr. Gatsby.

— Vá em frente — disse Gatsby cortês.

— Afinal, que tipo de confusão você está tentando criar em minha casa?

Enfim os dois estavam com as cartas na mesa, e isso deixou Gatsby satisfeito.

— Ele não está criando confusão nenhuma. — Daisy olhou desesperada para os dois. — Você está criando confusão. Por favor, controle-se um pouco.

— Me controlar! — repetiu Tom incrédulo. — Imagino que a última moda seja sentar-se na poltrona e deixar que o sr. Ninguém de Lugar Nenhum faça amor com sua esposa. Bem, se o seu plano é esse, não conte comigo... Hoje em dia as pessoas começam desprezando a vida e as instituições familiares, e quando nos damos conta já chutaram o balde e defendem o casamento entre brancos e pretos.

Ruborizado por suas baboseiras exaltadas, ele se via sozinho na última trincheira da civilização.

— Somos todos brancos aqui — murmurou Jordan.

— Sei que não sou muito popular. Não dou grandes festas. Imagino que seja preciso transformar a própria casa em um chiqueiro para fazer amigos... no mundo moderno.

Irritado como estava — como todos estávamos —, eu tinha vontade de rir a cada vez que ele abria a boca, tão completa era sua transformação de libertino em pedante.

— Tenho algo para dizer a *você*, meu velho... — começou Gatsby. Mas Daisy adivinhou suas intenções.

— Por favor, não! — ela o interrompeu, acuada. — Por favor, vamos todos para casa. Por que não vamos todos para casa?

— É uma boa ideia. — Levantei-me. — Vamos, Tom. Ninguém quer beber.

— Quero saber o que o sr. Gatsby tem a me dizer.

— Sua mulher não te ama — disse Gatsby. — Nunca amou. Sou eu quem ela ama.

— Você só pode estar louco! — exclamou Tom

Gatsby se levantou de um salto, erguido pela própria agitação.

— Ela nunca te amou, está me ouvindo? — bradou. — Só se casou com você porque eu era pobre e ela cansou de esperar. Foi um tremendo erro, mas ela nunca amou ninguém além de mim!

Ao ouvir isso Jordan e eu tentamos ir embora, mas Tom e Gatsby insistiram para ficarmos com determinação competitiva — como se nenhum dos dois tivesse nada a esconder e para nós fosse um privilégio partilhar indiretamente de suas emoções.

— Sente-se, Daisy. — A voz de Tom buscou uma toada paternal, sem sucesso. — O que está acontecendo? Quero ouvir todos os detalhes.

— Já disse o que está acontecendo — falou Gatsby. — Está acontecendo há cinco anos, e você não sabia.

Tom se virou para Daisy de forma abrupta.

— Você está vendo esse sujeito há cinco anos?

— Vendo, não — disse Gatsby. — Não, não podíamos nos encontrar. Mas nós dois nos amamos durante todo esse tempo, meu velho, e você não sabia. Às vezes eu dava risada... — Não havia riso em seus olhos. — ... só de pensar que você não sabia.

— Ah... já chega.

Tom bateu os dedos grossos unidos, como um vigário, e se recostou na cadeira.

— Você é louco! — estourou. — Não posso falar do que aconteceu cinco anos atrás, porque não conhecia Daisy naquela época, mas tenho certeza de que você não chegou a menos de um quilômetro dela, a não ser que tenha entregado as compras em nossa porta dos fundos. Mas todo o resto é mentira, por Deus. Daisy me amava quando nos casamos, da mesma forma que ainda me ama.

— Não — respondeu Gatsby, balançando a cabeça.

— E, contudo, sim, ela me ama. O problema é que às vezes coloca umas ideias tolas na cabeça e não sabe direito o que faz. — Ele assentiu, sagaz. — Além do mais, eu também amo Daisy. De vez em quando caio na farra e faço papel de bobo, mas sempre volto, e em meu íntimo jamais deixo de amá-la.

— Você é revoltante — disse Daisy. Ela se virou para mim, e sua voz, descendo uma oitava, preencheu o quarto com seu desdém exaltado: — Sabe por que fomos embora de Chicago? Fico surpresa por não terem presenteado você com a história dessa pequena farra.

Gatsby caminhou alguns passos e se pôs ao lado dela.

— Daisy, agora tudo isso já é passado — ele falou com seriedade. — Não tem mais importância. Apenas lhe diga a verdade, que você jamais o amou, e tudo isso ficará para trás de uma vez por todas.

Ela o encarou de olhos vazios.

— Ué... e como poderia amá-lo... como seria possível?

— Você jamais o amou.

Daisy hesitou. Seus olhos recaíram sobre Jordan e sobre mim em uma espécie de apelo, como se enfim se desse conta do que estava fazendo — como se, o tempo todo, ela jamais, jamais houvesse pretendido fazer qualquer coisa. Mas agora já estava feito. Era tarde demais.

— Eu nunca o amei — disse ela, com perceptível relutância.

— Nem em Kapiolani? — questionou Tom de repente.

— Não.

Acordes abafados e sufocantes vindos do salão de baile abaixo pairavam em meio aos sopros de ar quente.

— Nem no dia em que a carreguei do Punch Bowl para manter seus sapatos secos? — Havia uma ternura áspera em seu tom de voz. — ... Daisy?

— Por favor, não faça isso. — Sua voz era fria, mas já não era dotada de rancor. Ela olhou para Gatsby. — Aí está, Jay — ela disse, mas suas mãos tremiam enquanto tentavam acender um cigarro.

De repente ela atirou o cigarro e o fósforo aceso no carpete.

— Ah, você está pedindo demais! — Daisy gritou para Gatsby. — Eu te amo agora... não é o suficiente? Não consigo mudar o que já passou.

Ela começou a chorar, inconsolável.

— Eu o amei um dia... mas também amei você.

Os olhos de Gatsby abriram e fecharam.

— Você *também* me amou? — ele repetiu.

— Até isso é mentira — Tom disse com selvageria. — Ela nem sabia que você estava vivo. Ora... há coisas entre

Daisy e eu que você jamais saberá, coisas que nenhum de nós dois jamais será capaz de esquecer.

Essas palavras pareciam causar dor física em Gatsby.

— Quero conversar com Daisy a sós — ele insistiu. — Agora ela está muito exaltada...

— Mesmo a sós, não poderei dizer que nunca amei Tom — admitiu ela com pesar. — Não seria verdade.

— Claro que não — concordou Tom.

Daisy se virou para o marido.

— Como se você se importasse comigo — ela disse.

— Claro que me importo. De agora em diante cuidarei melhor de você.

— Você não entende — exclamou Gatsby com uma pitada de pânico. — Você não vai mais cuidar dela.

— Não vou? — Tom arregalou os olhos e riu. Agora ele conseguia controlar seus gestos. — E por que não?

— Daisy vai deixá-lo.

— Até parece.

— Ah, vou sim — ela disse com perceptível esforço.

— Ela não vai me deixar! — De repente as palavras de Tom recaíram sobre Gatsby. — Ao menos não por um trapaceiro qualquer que precisaria roubar um anel para pedi-la em casamento.

— Não tolerarei isso! — gritou Daisy. — Ah, por favor, vamos embora.

— Quem é você, afinal? — perguntou Tom. — Você faz parte do bando que anda por aí com Meyer Wolfshiem... até aí eu sei. Fiz uma pequena investigação sobre os seus negócios... e darei prosseguimento a ela amanhã.

— Fique à vontade quanto a isso, meu velho — arrematou Gatsby sem titubear.

— Descobri o que eram as suas "lojas de conveniência". — Tom se virou para nós e emendou depressa: — Ele e esse tal Wolfshiem compraram diversas lojas de conveniência em ruas pouco movimentadas daqui e de Chicago para vender etanol. Essa foi só uma de suas pequenas falcatruas. Percebi que ele era um contrabandista na primeira vez que o vi, e não estava muito enganado.

— E daí? — retrucou Gatsby educadamente. — Suponho que seu amigo Walter Chase não teve toda essa soberba quando quis entrar de sócio no negócio.

— E você o abandonou na sarjeta, não foi? Deixou-o apodrecer um mês na prisão lá em Nova Jersey. Por Deus! Você devia escutar as coisas que Walter tem a dizer sobre *você*.

— Ele nos procurou sem um tostão no bolso. Ficou muito contente de tirar algum dinheiro, meu velho.

— Não me chama de "meu velho"! — bradou Tom. Gatsby não respondeu.

— Walter poderia acabar com você se denunciasse suas violações da lei de apostas, mas Wolfshiem o intimidou para que ficasse de boca fechada.

O olhar ao mesmo tempo familiar e desconhecido voltou ao rosto de Gatsby.

— O negócio das lojas de conveniência rendeu só uns trocados — Tom continuou devagar. — Agora você está mexendo com alguma coisa que Walter tem até medo de me contar.

Voltei-me para Daisy, que fitava aterrorizada Gatsby e o marido, e então busquei os olhos de Jordan, que havia começado a equilibrar um objeto invisível, mas cativante, na ponta do queixo. Então me virei para Gatsby outra vez — e fiquei espantado com seu semblante. Ele parecia — e digo isso apesar de todo o meu desdém pelas fofocas balbuciadas em seu jardim — ter "matado um homem". Por alguns instantes, essa conjectura fantasiosa foi a única maneira que encontrei para descrever a expressão em seu rosto.

Isso passou, e ele começou a falar com Daisy agitado, negando tudo, defendendo seu nome de acusações que não haviam sido proferidas. Mas a cada palavra ela mergulhava mais e mais em si mesma, e então ele desistiu. Apenas o sonho morto seguiu lutando enquanto a tarde se esvaía, tentando tocar o que já não era tangível, buscando, melancólico e desanimado, aquela voz perdida do outro lado da sala.

A voz implorou mais uma vez para ir embora.

— *Por favor*, Tom! Não aguento mais isso.

Seus olhos apavorados informavam que todo o propósito e toda a coragem que ela porventura tivera já não estavam ali.

— Podem ir para casa vocês dois, Daisy — disse Tom. — No carro do sr. Gatsby.

Ela olhou para Tom, agora alarmada, mas ele insistiu com magnânimo desdém.

— Vá em frente. Ele não a incomodará. Acho que agora ele entende que seu pequeno flerte presunçoso chegou ao fim.

Eles se foram, sem dizer uma palavra, despojados, reduzidos ao acaso, isolados, feito fantasmas, mesmo vistos do alto de nossa piedade.

Após um momento Tom se levantou e começou a enrolar na toalha a garrafa de uísque ainda fechada.

— Querem um pouco disso? Jordan? Nick?
Não respondi.
— Nick? — ele perguntou outra vez.
— O quê?
— Quer um pouco?
— Não... acabo de me lembrar que hoje é meu aniversário.

Trinta anos. À minha frente se desfraldava a agourenta e ameaçadora estrada de uma nova década.

Eram sete da noite quando entramos no cupê e nos dirigimos a Long Island. Tom falava sem cessar, exultante e risonho, mas sua voz soava tão distante de mim e de Jordan como o clamor externo das calçadas ou o tumulto dos viadutos sobre nossas cabeças. A empatia humana tem seus limites, e estávamos satisfeitos por deixar toda aquela discussão trágica desaparecer com as luzes da cidade atrás de nós. Trinta — a promessa de uma década de solidão, uma lista minguante de amigos solteiros, uma bagagem minguante de entusiasmo, fios minguantes de cabelo. Mas ao meu lado estava Jordan, que, ao contrário de Daisy, era esperta demais para levar seus sonhos esquecidos de uma idade a outra. Ao cruzarmos a ponte escura, seu rosto descorado recaiu indolente sobre o ombro de meu casaco, e o golpe inclemente dos trinta sucumbiu à pressão tranquilizadora de sua mão.

Então dirigimos em direção à morte através do frescor crepuscular.

Michaelis, o jovem grego proprietário da cafeteria ao lado dos montes de cinzas, foi a principal testemunha do inquérito. Havia dormido em meio ao calor até depois das cinco horas, quando seguiu até a oficina e ali encontrou George Wilson adoentado em seu escritório — muito adoentado, tão pálido quanto seus cabelos claros, tremendo da cabeça aos pés. Michaelis aconselhou-o a se deitar, mas Wilson se recusou, dizendo que perderia bons negócios caso o fizesse. Enquanto o vizinho tentava persuadi-lo, uma violenta algazarra teve início no andar de cima.

— Minha esposa está trancada lá em cima — Wilson explicou, tranquilo. — Vai ficar lá até depois de amanhã, quando vamos nos mudar.

Michaelis ficou pasmo: eram vizinhos havia quatro anos, e Wilson jamais lhe parecera vagamente capaz de dizer uma coisa dessas. No geral era um desses homens esgotados: quando não estava trabalhando, sentava-se numa cadeira em frente à porta e observava o movimento de pessoas e veículos na estrada. Quando alguém lhe dirigia a palavra respondia sempre com uma risada insossa e aprazível. Era o homem de sua esposa, e não um homem em si.

Por isso é natural que Michaelis tentasse descobrir o que estava acontecendo, mas Wilson não diria uma palavra — em vez disso, começou a lançar olhares curiosos e desconfiados ao visitante, perguntando o que ele havia feito em horários específicos de dias específicos. Michaelis começava a se sentir desconfortável quando viu um trabalhador passar diante do estabelecimento a caminho de seu restaurante, e aproveitou a oportunidade para cair fora dali com a intenção de voltar mais tarde. Mas não voltou. Achava ter se esquecido, só isso. Quando saiu na rua outra vez, um pouco depois das sete, lembrou-se da conversa porque escutou a voz da sra. Wilson, exaltada e cheia de desprezo, no andar térreo da oficina.

— Bata em mim! — escutou-a gritar. — Me jogue no chão e bata em mim, seu covarde imundo!

Um momento depois a sra. Wilson saiu correndo no lusco-fusco, agitando os braços e gritando; sem que ele nem tivesse tempo de dar um passo adiante, tudo já estava acabado.

O "carro da morte", como os jornais o chamaram, não parou; materializou-se na densa escuridão, hesitou tragicamente por um instante e então desapareceu na curva seguinte. Michaelis sequer tinha certeza da cor — disse ao primeiro policial que era verde-claro. O outro carro, que seguia em direção a Nova York, só parou a cem metros dali, e o motorista correu depressa até o ponto da estrada onde Myrtle Wilson estava no chão, sua vida violentamente extinta, o sangue escuro e viscoso misturado à poeira.

Michaelis e este homem foram os primeiros a socorrê-la, mas quando abriram a gola de sua camisa ainda úmida de suor viram que o seio esquerdo pendia solto feito um trapo, e nem foi necessário escutar o coração abaixo dele. A boca estava escancarada e rasgada nas comissuras, como se ela houvesse se engasgado um pouco ao libertar a imensa vitalidade que abrigara por tanto tempo.

Avistamos os três ou quatro automóveis e a multidão ainda a certa distância.

— Droga! — bradou Tom. — Que bom. Finalmente Wilson conseguiu algum movimento.

Ele reduziu a velocidade, ainda sem qualquer intenção de parar, mas ao chegarmos mais perto os rostos solícitos e silenciosos das pessoas à porta da oficina fizeram-no frear em um gesto automático.

— Vamos dar uma olhada — Tom disse hesitante —, só uma olhadinha.

Reparei então em um som oco e plangente que soava incessante dentro da oficina, um som que foi se tornando mais nítido quando descemos do cupê e caminhamos em direção à porta, até tomar a forma das palavras "Ai, meu Deus" repetidas vezes em um lamento ofegante.

— Aconteceu algo sério aqui — ele comentou agitado.

Tom foi até a oficina na ponta dos pés e espiou, por cima de um círculo de cabeças, a parte interna do local, iluminada apenas por uma lâmpada amarela dentro de um lustre de metal que pendia oscilante do teto. Então soltou um som áspero e gutural, e em um arroubo violento abriu caminho em meio à multidão com seus braços potentes.

O círculo voltou a se fechar com um murmúrio geral de reprovação; levei um minuto até conseguir ver alguma coisa. Então outros recém-chegados desfizeram a barreira, e Jordan e eu fomos de repente tragados para dentro.

O corpo de Myrtle Wilson, enrolado em um lençol envolto em um segundo lençol, como se sentisse frio naquela noite quente, repousava sobre a mesa de trabalho junto à parede; e Tom, de costas para nós, estava inclinado sobre o corpo, imóvel. Ao seu lado estava um policial motociclista que anotava nomes em seu bloquinho às custas de muito suor e correções. De início não consegui localizar a fonte das palavras agudas e lamuriosas que ecoavam com grande clamor pela oficina vazia — mas então vi Wilson de pé na soleira elevada de seu escritório, segurando o batente da porta com as duas mãos e se balançando para trás e para a frente. Um homem conversava com ele em voz baixa e, de tempos em tempos, tentava apoiar uma mão em seu ombro, porém Wilson não o via nem o escutava. Seus olhos iam devagarinho da lâmpada balançante para a mesa junto à parede, e em seguida retornavam à lâmpada enquanto ele proferia incessantemente seu lento e lúgubre lamento:

— Ai, meu De-eus! Ai, meu De-eus! Ai, meu De-eus! Ai, meu De-eus!

Tom ergueu a cabeça de supetão e, após vasculhar a oficina com olhos vidrados, grunhiu um comentário incoerente para o policial.

— M-A-V... — soletrava o policial — ... O...

— Não, R — corrigiu o homem. — M-A-V-R-O...

— Me escute! — Tom murmurou impetuoso.

— R... — disse o policial — ... O...

— G...

— G... — Ele ergueu os olhos ao sentir a mão pesada de Tom se apoiar subitamente em seu ombro. — O que você quer, camarada?

— O que aconteceu? É isso que quero saber!

— Carro pegou ela. Matou na hora.

— Matou na hora — repetiu Tom, pasmo.

— Ela saiu correndo pela estrada. Filho da puta nem parou o carro.

— Eram dois carros — disse Michaelis —, um indo, um vindo, sabe?

— Indo aonde? — perguntou o policial com avidez.

— Um indo pra cada lado. Bem, ela... — Ele estendeu a mão na direção dos lençóis, mas parou no meio do caminho e deixou-a cair de lado. — ... ela foi correndo ali e o que vinha de Nova York pegou ela em cheio, indo a cinquenta ou sessenta por hora.

— Como se chama este lugar? — indagou o policial.

— Não tem nome.

Um negro pálido e bem-vestido se aproximou deles.

— Era um carro amarelo — ele disse —, um carro amarelo e grande. Novo.

— Você viu o acidente? — perguntou o policial.

— Não, mas o carro passou por mim mais adiante na estrada, a mais de sessenta por hora. Uns setenta, oitenta.

— Vem cá, deixa eu anotar seu nome. Cuidado aí, pessoal. Eu quero pegar o nome dele.

Algumas palavras dessa conversa devem ter chegado aos ouvidos de Wilson, que se balançava na porta do escritório, pois de repente um novo tema emergiu de seus guinchos arquejantes.

— Nem precisa dizer que tipo de carro era! Eu sei que tipo de carro era!

Ao observar Tom, vi sua pilha de músculos posteriores em torno dos ombros se retesar sob o casaco. Ele caminhou depressa até Wilson e ficou de frente para o homem, segurando firme em seus braços.

— Você precisa se recompor — falou em tom hostil e consolador.

Os olhos de Wilson recaíram sobre Tom; ele começou a se erguer na ponta dos pés, e teria caído de joelhos caso Tom não o houvesse segurado.

— Escute aqui — disse Tom, chacoalhando-o um pouco. — Acabei de chegar aqui um minuto atrás vindo de Nova York. Estava trazendo aquele cupê sobre o qual andamos falando para você. O carro amarelo que eu estava dirigindo hoje à tarde não era meu, está escutando? Não o vi durante a tarde inteira.

Só o negro e eu estávamos próximos o suficiente para escutar o que ele disse, mas o policial detectou algo em seu tom de voz e passou a fitá-lo com olhos truculentos.

— Comé que é? — ele quis saber.

— Sou amigo dele. — Tom virou a cabeça, mas manteve as mãos firmes no corpo de Wilson. — Ele disse que sabe qual foi o carro... foi um carro amarelo.

Algum impulso impreciso levou o policial a olhar para Tom desconfiado.

— E de que cor é o seu carro?

— É um carro azul, um cupê.

— Viemos direto de Nova York — eu disse.

Alguém que viera dirigindo um pouco atrás de nós confirmou a informação e o policial perdeu o interesse.

— Agora, se eu puder pegar outra vez o nome certinho...

Tom segurou Wilson como se fosse um boneco e carregou-o até o escritório, acomodando-o em uma cadeira antes de retornar até onde estávamos.

— Será que dá para alguém vir aqui lhe fazer companhia? — questionou, incisivo.

Ele observou enquanto os dois homens mais próximos trocavam olhares e entravam no escritório a contragosto. Depois Tom fechou a porta atrás deles e desceu o único degrau, evitando olhar para a mesa. Ao passar perto de mim, sussurrou:

— Vamos embora.

Cautelosos, os braços autoritários dele abrindo o caminho, deixamos para trás a multidão que ainda se reunia ali e passamos por um médico apressado, de valise em mãos, chamado em um ato de extrema esperança meia hora antes.

Tom dirigiu devagar até dobrarmos na primeira curva — então afundou o pé, e o cupê cortou a noite a toda velocidade. Pouco depois escutei um choro baixo e áspero, e vi que lágrimas escorriam em seu rosto.

— Maldito covarde! — choramingou. — Nem sequer parou o carro.

A casa dos Buchanan pairou de repente em meio às negras árvores que farfalhavam no breu à nossa frente. Tom parou na varanda e olhou para o segundo andar, onde duas janelas irradiavam luz por entre as vinhas.

— Daisy está em casa — observou.

Quando saímos do carro ele olhou para mim e franziu o cenho de leve.

— Devia tê-lo deixado no West Egg, Nick. Não há nada que possamos fazer hoje à noite.

Ele passara por uma mudança, e agora falava com solenidade e firmeza. Enquanto caminhávamos pela brita banhada pela luz da lua em direção ao alpendre, ele dispôs sobre a situação com algumas frases breves.

— Vou chamar um táxi por telefone para levá-lo até sua casa, e enquanto espera é melhor você ir com Jordan à cozinha e comer alguma coisa, se quiserem. — Tom abriu a porta. — Entrem.

— Não, obrigado. Mas agradeceria se você chamasse o táxi. Eu espero lá fora.

Jordan repousou a mão em meu braço.

— Não vai entrar, Nick?

— Não, obrigado.

Sentia-me um pouco enjoado e queria ficar sozinho. Mas Jordan se demorou por mais um instante.

— São só nove e meia — ela disse.

Eu estaria condenado se entrasse na casa; já estava farto de todos eles naquele dia, e percebi que isso também valia para Jordan. Ela deve ter adivinhado isso por minha expressão, pois se virou abruptamente, subiu os degraus correndo e entrou na casa. Fiquei alguns minutos ali sentado com a cabeça entre as mãos, até que escutei o mordomo erguer o telefone do gancho lá dentro e pedir um táxi. Então me afastei devagarinho da casa com o intuito de esperar junto ao portão.

Não havia andado nem vinte metros quando escutei meu nome, e Gatsby surgiu em meio a dois arbustos ao lado da trilha. Eu devia estar muito atrapalhado, porque só conseguia pensar em como seu terno cor-de-rosa esplandecia à luz da lua.

— O que está fazendo aí? — perguntei.

— Só estou aqui, meu velho.

De certo modo, aquilo me pareceu desprezível. Até onde sabia, ele poderia até mesmo estar prestes a roubar a casa; não me surpreenderia se atrás dele, na vegetação escura, surgissem rostos sinistros, os rostos do "pessoal de Wolfshiem".

— Viu alguma confusão na estrada? — ele perguntou após um minuto.

— Sim.

Gatsby hesitou.

— Ela morreu?

— Sim.

— Bem que achei. Falei para Daisy que achava isso. É melhor quando o choque vem todo de uma vez só. Ela lidou muito bem com a situação.

Ele falava como se a reação de Daisy fosse a única coisa importante.

— Cheguei no West Egg por uma estrada secundária — Gatsby prosseguiu — e guardei o carro em minha garagem. Acho que ninguém nos viu, mas claro que não há como ter certeza.

Àquela altura eu o detestava tanto que nem me pareceu necessário apontar que ele estava errado.

— Quem era a mulher? — Gatsby perguntou.

— Seu sobrenome era Wilson. O marido é proprietário da oficina. Como diabos isso foi acontecer?

— Bem, eu tentei girar o volante...

Ele parou, e de repente adivinhei a verdade.

— Daisy estava dirigindo?

— Sim — Gatsby disse após um instante —, mas claro que direi que era eu. Sabe, ela estava muito nervosa quando saímos de Nova York e achou que dirigir a estabilizaria... então essa mulher saiu correndo justo quando passávamos por um carro na outra direção. Tudo aconteceu em um instante, mas tive a impressão de que ela queria falar conosco, de que achou que nos conhecia. Bem, primeiro Daisy desviou da mulher na direção do outro carro, mas então cedeu aos nervos e voltou. Assim que encostei a mão no volante eu senti a colisão, que deve tê-la matado na hora.

— Foi cortada ao meio...

— Não me conte, meu velho. — Ele se retraiu. — De qualquer modo... Daisy pisou fundo. Tentei fazê-la parar, mas ela não conseguiu, e por isso puxei o freio de mão. Então ela caiu no meu colo e eu assumi o volante dali em diante.

— Amanhã ela já estará recuperada — ele continuou com prontidão. — Só vou esperar aqui para ver se Tom tentará importuná-la com os fatos desagradáveis desta tarde. Ela se trancou naquele quarto, e se ele tentar alguma brutalidade ela dará um sinal piscando as luzes.

— O Tom não vai encostar nela — eu disse. — Não está pensando nela.

— Não confio nele, meu velho.

— Vai esperar quanto tempo aqui?

— A noite inteira se for necessário. Ao menos até todos irem dormir.

Ocorreu-me um novo ponto de vista. Suponhamos que Tom descobrisse que Daisy estava dirigindo. Quem sabe estabeleceria alguma conexão entre os fatos — poderia pensar qualquer coisa. Olhei para a casa: havia duas ou três janelas iluminadas no andar de baixo e o brilho rosado do quarto de Daisy no térreo.

— Espere aqui — eu pedi a ele. — Vou ver se há algum sinal de confusão.

Caminhei pela extremidade do gramado, pisando macio no cascalho, e subi os degraus do alpendre na ponta dos pés. As cortinas da sala estavam abertas, e constatei que o cômodo estava vazio. Atravessei a varanda onde havíamos jantado em uma noite de junho três meses antes e cheguei até um pequeno retângulo de luz, que presumi ser a janela da despensa. As persianas estavam baixas, mas encontrei um vão no umbral.

Daisy e Tom estavam sentados à mesa da cozinha de frente um para o outro, separados por um prato frio de frango frito e duas garrafas de cerveja. Ele falava com grande seriedade e deixara uma mão recair sobre a dela. De vez em quando Daisy erguia os olhos para fitá-lo, assentindo em concordância.

Não estavam felizes, e nenhum dos dois havia encostado no frango ou na cerveja — mas tampouco estavam infelizes. Havia um ar inconfundível de intimidade natural naquela cena, e qualquer um perceberia que os dois conspiravam juntos.

Quando retornei ao alpendre na ponta dos pés, escutei meu táxi tateando o caminho pela estrada escura que levava à casa. Gatsby estava esperando na entrada onde eu o havia deixado.

— Tudo em paz lá dentro? — perguntou ansioso.

— Sim, tudo em paz. — Hesitei. — É melhor você voltar para casa e dormir um pouco.

Ele balançou a cabeça.

— Quero esperar até Daisy ir para a cama. Boa noite, meu velho.

Gatsby enfiou as mãos nos bolsos do casaco e se virou com determinação para observar a casa, como se minha presença maculasse o caráter sagrado de sua vigília. Portanto me afastei e deixei-o ali de pé à luz da lua — vigiando o nada.

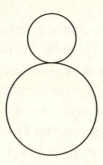

Passei a noite inteira em claro; uma buzina de neblina gemia incessantemente no estreito, e eu oscilava meio adoentado entre a realidade grotesca e sonhos selvagens e assustadores. Perto do amanhecer escutei um táxi parar diante da casa de Gatsby, e me levantei de um salto para me vestir — sentia que precisava lhe dizer algo, alertá-lo de algo, e pela manhã já seria tarde demais.

Ao cruzar o seu gramado, vi que a porta da frente ainda estava aberta, e ele, recostado sobre uma mesa no saguão, sentindo o fardo do sono ou do desalento.

— Não aconteceu nada — Gatsby disse distante. — Esperei, e por volta das quatro da manhã ela foi até a janela e ficou ali de pé por um minuto antes de apagar a luz.

Sua casa jamais me parecera tão imensa como naquela noite em que desbravamos os grandes cômodos atrás de cigarros. Afastamos as cortinas do tamanho de pavilhões e tateamos inúmeros metros de paredes às escuras em busca dos interruptores elétricos — em dada ocasião tropecei estrondosamente sobre as teclas de um piano fantasmagórico. Havia uma quantidade inexplicável de poeira por todos os cantos, e os cômodos cheiravam a mofo como se não fossem arejados há muitos dias. Sobre uma mesa que me era estranha, encontrei uma cigarreira contendo apenas dois cigarros velhos e secos. Abrimos as portas-balcão do salão principal e nos sentamos ali para fumar na escuridão.

— Você deveria partir — eu falei. — Tenho certeza de que vão rastrear seu carro.

— Partir *agora*, meu velho?

— Vá para Atlantic City e fique uma semana por lá, ou quem sabe Montreal.

Gatsby se recusou a sequer cogitar o assunto. Era-lhe inconcebível separar-se de Daisy antes de saber o que ela faria. Ele se agarrava à última esperança, e eu não era capaz de libertá-lo de suas amarras.

Foi naquela noite que meu vizinho me contou a estranha história de sua juventude com Dan Cody — contou-me porque "Jay Gatsby" fora estilhaçado como vidro pela malícia astuta de Tom, e o espetáculo duradouro de seu segredo chegara ao fim. Acho que ali ele teria admitido qualquer coisa sem escrúpulos, mas sua vontade era falar de Daisy.

Tinha sido a primeira "boa" garota que conhecera. Gatsby já havia entrado em contato com tais pessoas em muitas outras situações não detalhadas, mas sempre separado delas por uma cerca impalpável de arame farpado. Achava-a excitantemente desejável. Havia frequentado sua casa, primeiro acompanhado por outros oficiais de Camp Taylor, depois sozinho. A casa deixou-o maravilhado: jamais vira uma residência tão linda antes. Mas o que lhe conferia uma atmosfera intensa de tirar o fôlego era o fato de Daisy morar ali: o lugar era tão desimportante para ela como era para ele a barraca do alojamento militar. A casa abrigava um mistério denso que sugeria quartos ainda mais belos e frescos no segundo andar, que insinuava atividades alegres e radiantes pelos corredores e evocava romances sem bolor nem cheiro de naftalina, mas suaves e arejados, com perfume de automóveis reluzentes e bailes decorados com flores recém-colhidas. Gatsby também se excitava com o fato de que muitos homens já haviam amado Daisy — aos seus olhos isso lhe dava mais valor. Gatsby sentia a presença deles por toda a casa, impregnando o ar de sombras e ecos de emoções ainda vibrantes.

E, contudo, ele sabia que só chegara à casa de Daisy por um acidente colossal. Por mais glorioso que pudesse ser seu futuro como Jay Gatsby, naquele momento ainda era apenas um jovem sem tostões e sem passado, e a qualquer momento a fantasia de seu uniforme poderia escorregar de seus ombros. Por isso aproveitou seu tempo ao máximo. Tomava para si o que era capaz de tomar, esfomeado e inescrupuloso — acabou tomando Daisy em uma noite calma de outubro; tomou-a porque não tinha o verdadeiro direito de encostar em sua mão.

Poderia ter se desprezado, pois havia lançado mão de falsos pretextos para arrumar aquele encontro. Não que tenha alegado ser milionário, mas transmitira deliberadamente uma impressão de segurança a Daisy; deixara-a acreditar que os dois pertenciam mais ou menos ao mesmo estrato social e que era capaz de tomar conta dela. Na verdade, não dispunha de nada disso: não tinha o conforto do suporte de uma família e estava sujeito aos caprichos de um governo impessoal que poderia mandá-lo para ser explodido em qualquer canto do mundo.

Mas Gatsby não se desprezava, e as coisas não saíram como imaginava. Provavelmente sua intenção fora tomar para si tanto quanto possível antes de partir — mas então percebeu que assumira o compromisso de encontrar o Graal. Sabia que Daisy era extraordinária, mas não se deu conta do quanto uma "boa" garota pode ser extraordinária. Ela desapareceu nos recônditos de sua rica residência, de sua vida de riqueza e plenitude, deixando Gatsby com... nada. Ele se sentia casado com ela, só isso.

Quando voltaram a se encontrar, dois dias depois, foi Gatsby quem perdeu o fôlego, quem foi, de algum modo, traído. O luxo do pórtico da casa dela cintilava como as estrelas; o vime do sofá rangeu com requinte quando ela se virou para ele beijar sua boca curiosa e encantadora. Ela estava resfriada, o que tornava sua voz mais rouca e charmosa do que nunca, e Gatsby percebeu o peso esmagador da juventude e do mistério que a riqueza é capaz de capturar e preservar, do frescor de muitas roupas, e também de Daisy, que reluzia feito prata, segura e orgulhosa acima do sofrimento ardente dos pobres.

— Nem sei descrever como fiquei surpreso ao perceber que a amava, meu velho. Por um tempo até nutri a esperança de ser dispensado, mas ela nunca o fez, porque também estava apaixonada por mim. Daisy achava que eu sabia muitas coisas, só porque sabia coisas diferentes dela... Bem, lá estava eu, muito além de minhas ambições, aprofundando-me em nossa paixão a cada instante, e de repente nada mais importava. De que valia fazer coisas grandiosas se me dava mais prazer contar a ela o que eu pretendia realizar?

Na última tarde antes de partir para o exterior, Gatsby estava com Daisy em seus braços e ficou em silêncio por um longo intervalo. Era um dia frio de outono, a lareira estava acesa e as bochechas dela, coradas. De tempos em tempos Daisy se mexia e ele ajustava um pouco o braço, e em dado momento beijou o cabelo escuro e brilhante dela. A tarde os deixara tranquilos por um tempo, como se quisesse lhes propiciar uma memória profunda para a longa separação prometida para o dia seguinte. Nunca haviam se sentido tão próximos durante seu mês de paixão, tampouco se comunicado de forma mais profunda do que quando Daisy roçou os lábios calados no ombro do casaco dele, ou quando Gatsby tocou a ponta dos dedos dela, bem de leve, como se ela estivesse dormindo.

Gatsby se saiu extraordinariamente bem na guerra. Tornou-se capitão antes de ir para o front, e depois das batalhas de Argonne foi agraciado com o posto de major e o comando de um batalhão de artilharia. Após o armistício, esforçou-se ao máximo para voltar para casa, mas por algum imbróglio ou mal-entendido acabou sendo mandado para Oxford. Agora ficara preocupado: as últimas cartas de Daisy transpareciam um ar de desespero nervoso. Ela não entendia por que ele não podia voltar. Sentia a pressão do mundo externo e desejava vê-lo, sentir sua presença ao seu lado, ter alguma comprovação de que, afinal de contas, estava fazendo a coisa certa.

Pois Daisy era jovem e o mundo artificial em que vivia era impregnado de orquídeas, de um esnobismo alegre e agradável e orquestras para ditar o ritmo dos anos, traduzindo os desgostos e amarguras da vida em novas composições. Os saxofones choramingavam durante a noite inteira os lamentos desesperançados de "Beale Street Blues", enquanto uma centena de pares de sapatilhas douradas e prateadas se embaralhavam em meio à poeira reluzente. Na hora do chá preto sempre havia cômodos que latejavam incessantemente com uma febre doce e baixa, enquanto rostos novos se espalhavam pelos cantos como pétalas de rosa que as tristes cornetas sopravam pelo chão.

Imersa nesse universo crepuscular, Daisy voltou a acompanhar as estações; de repente tinha de novo meia dúzia de encontros diários com meia dúzia de homens diferentes e ia se deitar ao amanhecer, com as contas e o *chiffon* de seu vestido emaranhados em orquídeas moribundas no chão ao lado da cama. E durante todo esse tempo alguma coisa dentro dela clamava por uma decisão. Daisy queria que sua vida ganhasse forma já, imediatamente, e essa decisão precisava ser tomada por alguma força (do amor, do dinheiro, de inquestionável pragmatismo) ao seu alcance.

Essa força tomou forma em meados da primavera, com a chegada de Tom Buchanan. Tanto sua figura como sua posição transmitiam um vigor saudável que deleitava Daisy. Sem dúvidas havia certo conflito e um tanto de alívio. Gatsby recebeu a carta quando ainda estava em Oxford.

Alvorecia em Long Island quando abrimos o restante das janelas do andar de baixo, preenchendo a casa com uma luz ora cinzenta, ora dourada. A sombra de uma árvore despencou abruptamente sobre o orvalho, e pássaros fantasmagóricos começaram a cantar em meio às folhas azuladas. Um movimento agradável e vagaroso tomou conta do ar, e mal era possível chamar de vento aquela promessa de um dia adorável e fresco.

— Acho que ela nunca o amou. — Gatsby se virou da janela e olhou para mim, desafiador. — Você deve lembrar, meu velho, que ela estava muito empolgada hoje à tarde. Ele a deixou apavorada dizendo as coisas daquele jeito, fez-me parecer algum tipo de vigarista barato. Por isso ela mal sabia o que estava dizendo.

Sentou-se, melancólico.

— Claro que Daisy deve ter amado Tom, só por um instante, quando os dois se casaram; mas ainda assim me amava ainda mais, entende?

De repente Gatsby fez uma observação curiosa:

— De qualquer modo — ele disse —, foi apenas pessoal.

Como interpretar isso, senão com a suspeita de que ele atribuía uma intensidade incomensurável àquele caso amoroso?

Gatsby retornara da França quando Tom e Daisy ainda estavam em viagem de lua de mel, e empreendeu uma desoladora, mas irresistível jornada a Louisville usando o último soldo do exército. Passou uma semana por lá, caminhando pelas ruas que seus passos haviam martelado juntos durante as noites de novembro, revisitando os locais distantes que visitaram juntos no carro branco dela. Tal como a casa de Daisy sempre lhe parecera mais alegre e misteriosa que as outras, assim era a ideia da cidade como um todo, permeada por uma melancólica beleza, mesmo agora que Daisy já não estava ali.

Partiu de lá com a sensação de que teria encontrado Daisy se houvesse procurado com maior afinco — pensou que a estava abandonando. O vagão de terceira classe — agora não tinha mais nenhum tostão — estava quente. Ele andou até a parte externa e se sentou em um assento retrátil, e a estação escorregava para longe enquanto passava por edifícios desconhecidos. Então o trem adentrou os campos primaveris, acompanhado durante um breve trecho por um bonde amarelo transportando pessoas que, possivelmente, já haviam visto a magia sutil do rosto dela ao se cruzarem por acaso pelas ruas.

O trilho fez uma curva e agora se afastava do sol, que, em seu descenso, parecia derramar uma bênção sobre a cidade evanescente cujo ar Daisy um dia respirara. Gatsby estendeu uma mão, desesperado, como se quisesse agarrar um punhado de vento e salvar um fragmento do local que, por causa dela, era encantador aos seus olhos. Mas agora tudo acontecia rápido demais para que sua vista turva acompanhasse, e ele soube que parte daquilo, a melhor parte, e também a mais fresca, havia se perdido para sempre.

Eram nove horas quando terminamos o café da manhã e saí para o alpendre. O clima passara por uma mudança drástica durante a noite, e agora o ar carregava um quê outonal. O jardineiro, último remanescente dos antigos empregados de Gatsby, apareceu no pé da escada.

— Vou esvaziar a piscina hoje, senhor Gatsby. Logo, logo as folhas começarão a cair, e aí sempre dá problema com os canos.

— Não esvazie hoje — respondeu Gatsby. Ele se virou para mim, desculpando-se. — Acredita, meu velho, que não entrei na piscina durante o verão inteiro?

Olhei para o relógio e me levantei.

— Doze minutos para o meu trem.

Eu não queria ir à cidade. Não estava em condições de ter um bom turno de trabalho, mas era mais que isso: não queria deixar Gatsby. Perdi aquele trem, e depois mais um, antes de enfim conseguir partir.

— Mais tarde eu te ligo — falei por fim.

— Faça isso, meu velho.

— Ligarei por volta do meio-dia.

Descemos devagar os degraus.

— Acho que Daisy também ligará.

Ele olhou para mim ansioso, como se esperasse minha corroboração.

— Acho que sim.

— Bem... tchau.

Apertamos as mãos e comecei a me afastar. Pouco antes de atingir a sebe, eu me lembrei de uma coisa e me virei.

— É uma gente podre — gritei através do gramado. — Você vale mais do que toda essa corja.

Sempre me sinto feliz por ter dito aquilo. Foi o único elogio que lhe fiz na vida, pois o desaprovara do início ao fim. Primeiro Gatsby assentiu com educação, e então seu rosto se abriu em um sorriso radiante e compreensivo, como se o tempo todo houvéssemos conspirado juntos a respeito disso. Seu esplêndido terno rosa criava um ponto de cor vibrante, que contrastava com os degraus brancos, e pensei naquela noite de três meses atrás em que pisei pela primeira vez na sua casa ancestral. O gramado e a entrada estavam apinhados de rostos que o tinham por corrupto — e ele ficara ali de pé naqueles degraus, ocultando seu sonho incorruptível, enquanto se despedia de todos com um aceno.

Agradeci-o por sua hospitalidade. Estávamos sempre lhe agradecendo por isso — eu e os demais.

— Tchau — gritei. — Gostei do café da manhã, Gatsby.

Ao chegar na cidade, passei um tempo tentando listar as cotas de diversas ações até pegar no sono em minha cadeira giratória. O telefone tocou pouco antes do meio-dia, e acordei sobressaltado com a testa empapada de suor. Era Jordan Baker; ela costumava me telefonar naquele horário porque, dada a inconstância de sua perambulação por clubes, hotéis e residências, era difícil encontrá-la de outro jeito. Geralmente sua voz era fresca e reconfortante ao telefone, como se um naco de grama dos campos de golfe voasse para dentro de meu escritório, mas naquela manhã soou ríspida e seca.

— Fui embora da casa de Daisy — ela disse. — Estou em Hempstead e vou para Southampton à tarde.

Devia ser delicado de sua parte deixar a casa de Daisy, mas o ato me incomodou, e seu comentário seguinte me deixou petrificado.

— Você não foi muito legal comigo ontem à noite.

— E como isso pode ser relevante?

Silêncio por um instante. E então:

— Tanto faz; quero vê-lo.

— Também quero vê-la.

— Quem sabe se, em vez de Southampton, eu for à cidade esta tarde?

— Não... acho que hoje à tarde não dá.

— Muito bem.

— Hoje à tarde é impossível. Diversos...

Conversamos assim durante um tempo e, abruptamente, não estávamos mais conversando. Não sei quem desligou com um baque seco, mas sei que não dei importância. Mesmo que fosse a minha última oportunidade na vida, naquele dia eu não teria conseguido conversar com ela tomando um chá.

Telefonei para a casa de Gatsby alguns minutos depois, mas a linha estava ocupada. Tentei quatro vezes; por fim, uma voz exasperada na central me disse que a linha estava reservada para uma chamada de longa distância de

Detroit. Peguei minha tabela de horários e assinalei um pequeno círculo ao redor do trem das três e cinquenta. Então me reclinei na cadeira e tentei pensar. Era meio-dia em ponto.

Quando o trem atravessou os montes de cinzas naquela manhã, levantei-me e fui me sentar de propósito do outro lado do vagão. Presumi que haveria um grupo de curiosos reunido ali durante o dia inteiro, com garotinhos procurando manchas escuras na areia e algum sujeito gárrulo repetindo incessantemente o que havia acontecido, até que tudo se tornasse cada vez menos real — inclusive para ele — e lhe faltassem palavras para relatar o trágico acontecimento que vitimara Myrtle Wilson, relegado assim ao esquecimento. Agora quero retroceder um pouco e contar o que aconteceu na oficina após a nossa partida na noite anterior.

Tiveram dificuldade para localizar a irmã, Catherine. Ela devia ter infringido sua regra de nunca beber naquela noite, pois quando chegou estava tão boba de trago que não conseguia entender que a ambulância já havia partido para Flushing. Quando enfim se convenceu disso, desmaiou no ato como se aquilo fosse o detalhe intolerável do caso. Alguma alma bondosa, ou curiosa, colocou-a em seu carro e a levou até o corpo da irmã.

Uma multidão se revezou diante da fachada da oficina até muito depois da meia-noite, e entrementes George Wilson ficou se balançando para a frente e para trás no sofá lá dentro. Por um tempo a porta do escritório permaneceu aberta, e atraiu irresistivelmente o olhar de todos os que entravam na oficina. Por fim, alguém declarou que aquilo era uma vergonha e fechou a porta. Michaelis e diversos outros homens ficaram com ele; primeiro quatro ou cinco homens, depois dois ou três. Ainda mais tarde Michaelis precisou pedir ao último estranho que esperasse ali quinze minutos para que voltasse à sua casa e preparasse uma xícara de café. Depois disso, ficou ali sozinho com Wilson até o amanhecer.

Por volta das três da manhã a natureza dos resmungos incoerentes de Wilson mudou — ele ficou mais taciturno e começou a falar sobre o carro amarelo. Anunciou que havia uma maneira de descobrir a quem o carro amarelo pertencia, e então deixou escapar que alguns meses antes sua mulher havia voltado da cidade com o rosto machucado e o nariz inchado.

Todavia, ao se ouvir dizer isso, ele se encolheu e passou a choramingar "Ai, meu Deus!" outra vez com sua voz plangente. Michaelis tentou distraí-lo de forma desastrada.

— Por quanto tempo vocês foram casados, George? Venha cá, sente-se aqui e tente ficar um pouco parado e responder à minha pergunta. Por quanto tempo vocês foram casados?

— Doze anos.

— Tiveram filhos? Vamos, George, fique parado. Fiz uma pergunta. Tiveram algum filho?

Besouros marrons de casca grossa colidiam contra a lâmpada de luz opaca, e sempre que Michaelis escutava um carro varar a estrada lá fora o som lhe parecia idêntico ao do carro que não havia parado algumas horas antes. Ele não gostava de entrar na oficina porque a mesa de trabalho estava manchada no local onde o corpo jazera, e por isso se deslocava com grande desconforto pelo escritório — quando a manhã raiou, ele já conhecia cada objeto ali —, e de tempos em tempos se sentava ao lado de Wilson para tentar aquietá-lo.

— Você frequenta alguma igreja de vez em quando, George? Mesmo que não vá há muito tempo? Quem sabe não telefono para a igreja e peço para mandarem um padre, e aí vocês conversam, hein?

— Não frequento nenhuma.

— Você deve ir à igreja, George, para momentos assim. Deve ter ido à igreja alguma vez. Não se casou na igreja? Escute, George, me escute. Você não se casou em uma igreja?

— Isso já faz muito tempo.

O esforço para responder quebrou o ritmo de seu balanço — ficou quieto por um instante. Então o mesmo olhar meio consciente, meio desnorteado voltou ao seu rosto inexpressivo.

— Espie naquela gaveta — Wilson disse, apontando para a escrivaninha.

— Qual gaveta?

— Aquela gaveta; aquela ali.

Michaelis abriu a gaveta mais próxima de sua mão. Não havia nada além de uma pequena e dispendiosa coleira de couro para cães adornada com tiras de prata. Aparentava ser novinha em folha.

— Isso? — ele perguntou, alçando-a no ar.

Wilson fitou e assentiu.

— Encontrei-a ontem à tarde. Ela tentou me dar uma explicação, mas eu sabia que tinha algo suspeito.

— Quer dizer que foi sua esposa quem comprou?

— Estava guardada na cômoda dela, embrulhada em um lenço de papel.

Michaelis não viu nada de estranho nisso e ofereceu a Wilson uma dezena de motivos que poderiam ter levado sua mulher a comprar uma coleira de cachorro. Mas era bem plausível que Wilson já tivesse escutado da boca de Myrtle algumas daquelas mesmas explicações, pois voltou a dizer "Ai, meu Deus!" aos sussurros — o homem que o consolava deixou diversas explicações pairando no ar.

— E daí a matou — disse Wilson.

De repente seu queixo despencou.

— Quem matou?

— Tenho um jeito de descobrir.

— Não seja mórbido, George — aconselhou o amigo. — A situação foi extenuante e você não sabe mais o que está dizendo. O melhor é se acalmar e dar um tempo até amanhecer.

— Ele a assassinou.

— Foi um acidente, George.

Wilson sacodiu a cabeça. Cerrou os olhos e abriu a boca ligeiramente, deixando escapar o espectro de um altivo "Humm!".

— Eu sei — disse sentencioso. — Sou desses sujeitos que confiam em todo mundo e não pensam mal de *ninguém*, mas quando sei de alguma coisa, é porque sei mesmo. Foi o homem daquele carro. Ela correu até lá fora para falar com ele, e ele não parou.

Michaelis também tinha visto isso, mas não lhe ocorrera que a cena pudesse ter qualquer significado especial. Acreditava que a sra. Wilson estava fugindo do marido, e não tentando deter algum carro em particular.

— E como ela poderia fazer isso?

— Ela era intensa — respondeu Wilson, como se isso respondesse à pergunta. — A-a-ah...

Começou a se balançar outra vez, e Michaelis ficou de pé, revirando a coleira nas mãos.

— Talvez você tenha algum amigo a quem eu possa telefonar, George?

Essa era uma esperança vã — ele tinha quase certeza de que Wilson não tinha amigos: não dava conta nem sequer da esposa. Um pouco depois ficou satisfeito ao constatar uma mudança no cômodo, um azul que se embrenhava pela janela anunciando a iminência da alvorada. Por volta das cinco já estava claro o suficiente lá fora para que apagassem a luz.

Os olhos vazios de Wilson se voltaram para os montes de cinzas, onde pequenas nuvens acinzentadas assumiam formas fantásticas e sopravam de um lado para o outro à brisa tênue da alvorada.

— Conversei com ela — murmurou Wilson após um silêncio duradouro. — Disse que podia até me enganar, mas não podia enganar a Deus. Levei-a até a janela... — ele se levantou com esforço e caminhou até a janela traseira, onde se recostou apertando o rosto contra o vidro — ... e falei "Deus sabe o que você anda fazendo, tudo o que anda fazendo. Você pode me enganar, mas não pode enganar a Deus!".

Michaelis, que estava de pé atrás dele, ficou chocado ao perceber que ele olhava nos olhos pálidos e imensos do dr. T. J. Eckleburg, recém-surgidos com a dissolução da noite.

— Deus vê tudo — repetiu Wilson.

— É um anúncio publicitário — tranquilizou-o Michaelis.

Algo desviou sua atenção da janela de volta para a sala. Mas Wilson ficou ali por um longo tempo, o rosto grudado na vidraça, assentindo para o lusco-fusco.

Por volta das seis, Michaelis, exausto, ficou grato ao escutar um carro estacionando lá fora. Era um dos que haviam ficado de vigília na noite anterior e prometido retornar, por isso ele preparou um café da manhã para três, e ele e o outro homem comeram juntos. Agora Wilson estava menos agitado, e Michaelis foi para casa dormir; quando acordou, quatro horas depois, voltou depressa à oficina e Wilson já não estava lá.

Seus movimentos — ele esteve a pé o tempo todo — foram traçados mais tarde até Port Roosevelt e, na sequência, Gad's Hill, onde comprou um sanduíche que não comeu e uma xícara de café. Devia estar cansado e caminhando a passos lentos, pois só chegou a Gad's Hill depois do meio-dia. Até ali não foi difícil estabelecer a linha cronológica — diversos garotos tinham visto um homem "agindo como um louco", e ele encarara muitos motoristas de jeito enviesado na beira da estrada. Então sumiu de vista por três horas. Como Wilson havia dito a Michaelis que "tinha um jeito de descobrir", a polícia supôs que ele havia gastado esse tempo indo de oficina em oficina nos arredores perguntando por um carro amarelo. Contudo, nenhum dono de oficina declarou à polícia tê-lo visto — e talvez ele tivesse algum meio mais fácil e garantido de descobrir o que desejava saber. Por volta das duas e meia já estava no West Egg, onde perguntou a algum transeunte onde ficava a casa de Gatsby. Portanto, àquela altura ele sabia o nome de Gatsby.

Às duas da tarde Gatsby vestiu seu traje de banho e pediu que o mordomo o chamasse na piscina caso alguém telefonasse. Passou na garagem para pegar o colchão inflável que tanto divertira seus convidados ao longo de todo o verão, e o chofer o ajudou a enchê-lo. Depois deu instruções para que o carro conversível não fosse tirado da garagem sob nenhuma circunstância — algo estranho, dado que o para-lama direito precisava de conserto.

Gatsby pôs o colchão sobre os ombros e caminhou até a piscina. Em dado momento chegou a parar, cambaleando um pouco, e o chofer perguntou se precisava de ajuda, mas ele fez que não com a cabeça e em seguida desapareceu em meio às árvores que amarelavam.

Não chegou nenhum recado pelo telefone, mas o mordomo pulou seu cochilo e esperou até as quatro — ou seja, até muito tempo depois de ter alguém a quem entregar recados caso chegasse algum. Tenho a impressão de que o próprio Gatsby não esperava nenhuma ligação, e talvez já nem se importasse mais. Se isso fosse verdade, ele devia sentir que perdera seu velho mundo aconchegante, que havia pagado um preço alto por ter vivido tempo demais perseguindo um único sonho. Deve ter erguido os olhos ao céu desconhecido através das folhas assustadoras, e estremecido ao descobrir como as rosas são grotescas e a luz do sol é inclemente com a grama tenra. Um novo mundo, material sem ser real, onde pobres fantasmas respiravam sonhos como se fossem ar e vagavam fortuitamente... como a figura fantástica e coberta de cinzas que surgia entre as árvores amorfas e avançava sobre ele.

O chofer (um dos protegidos de Wolfshiem) escutou os tiros — mais tarde, só conseguiu dizer que não havia pensado muito a respeito disso. Fui direto da estação para a casa de Gatsby, e para eles o primeiro sinal de alarme foi me ver subindo os degraus de entrada ansioso e esbaforido. Mas eles já sabiam, tenho convicção. Sem dizermos uma palavra, nós quatro — chofer, mordomo, jardineiro e eu — corremos em direção à piscina.

Havia um movimento fraco e quase imperceptível na superfície da água causado pela corrente fresca que vertia de uma ponta e seguia até o dreno do lado oposto. Pequenas marolas, meras insinuações de ondas, deslocavam o colchão inflável pela piscina com movimentos irregulares. A rajada tímida de vento que mal enrugava a superfície da água bastava para perturbar o percurso acidental de sua carga acidental. O contato com um montículo de folhas fazia-o girar devagarinho, traçando, feito a agulha de uma bússola, um pequeno círculo vermelho na água.

    Somente após levarmos Gatsby até a casa o jardineiro avistou o corpo de Wilson na grama a uma pequena distância, e o holocausto estava completo.

Passados dois anos eu me lembro do restante daquele dia, daquela noite e do dia seguinte como uma única espiral interminável de policiais, fotógrafos e jornalistas que entravam e saíam pela porta de Gatsby. Uma corda estendida ao longo do portão da frente e um policial a postos a seu lado mantinham os curiosos do lado de fora, mas logo alguns garotinhos descobriram que dava para entrar pelo meu quintal, de modo que sempre havia alguns deles amontoados e boquiabertos ao redor da piscina. Um homem muito seguro de si, talvez um detetive, usou a expressão "maluco" ao se reclinar sobre o corpo de Wilson naquela tarde, e a autoridade adventícia de sua voz ditou o tom das manchetes estampadas nos jornais da manhã seguinte.

As reportagens eram em sua maioria um pesadelo — grotescas, circunstanciais, sensacionalistas e inverídicas. Após Michaelis trazer à luz em seu depoimento de inquérito as desconfianças que Wilson tinha da esposa, achei que a história logo desaguaria em uma pasquinada picante — mas Catherine, que poderia ter dito alguma coisa, não disse nada. Ela também demonstrou uma surpreendente força de caráter: encarou o inspetor com olhos determinados, enquadrados por aquelas suas sobrancelhas retocadas, e jurou que a irmã nunca tinha visto Gatsby. Falou que sua irmã era completamente feliz com o marido, que sua irmã jamais se envolvera em atos maliciosos, quaisquer que fossem. Convenceu-se disso, e chorou cobrindo o rosto com o lenço, como se essa mera sugestão estivesse além do que era capaz de suportar. Então Wilson foi reduzido a um homem "ensandecido pelo luto" para que o caso pudesse seguir da forma mais simples possível. E ficou por isso.

Mas toda essa faceta do ocorrido parecia remota e desimportante. Eu me vi ao lado de Gatsby, e sozinho. A partir do momento em que telefonei para dar notícia da catástrofe às autoridades do West Egg, todas as suposições a respeito dele, bem como todas as questões práticas, foram encaminhadas a mim. De início fiquei surpreso e confuso; então, com o passar das horas, enquanto ele jazia em sua casa incapaz de se mexer, falar ou respirar, me dei conta de que era o responsável, pois ninguém mais estava interessado — e quando digo interessado, refiro-me ao intenso interesse pessoal ao qual todos têm certo direito ao morrer.

Telefonei para Daisy meia hora após o encontrarmos, liguei por instinto e sem titubear. Mas ela e Tom haviam viajado no início daquela tarde, levando malas consigo.

— Não deixaram endereço?
— Não.
— Disseram quando voltam?
— Não.

— Alguma ideia de onde estejam? De como faço para entrar em contato com eles?

— Não sei. Não posso dizer.

Eu queria arranjar alguém para ele. Queria entrar no quarto onde jazia e tranquilizá-lo: "Vou arranjar alguém para você, Gatsby. Não se preocupe. Apenas confie em mim, vou arranjar alguém para você...".

O nome de Meyer Wolfshiem não constava da lista telefônica. O mordomo me deu o endereço de seu escritório na Broadway e telefonei para a central de informações, mas, quando enfim consegui o número, já passava muito das cinco e ninguém atendeu o telefone.

— Poderia tentar mais uma vez?

— Já tentei três vezes.

— É muito importante.

— Sinto muito. Receio que não haja ninguém lá.

Retornei à sala de estar e por um instante pensei que todos ali presentes eram visitantes ocasionais, todos os policiais que preenchiam o recinto. Todavia, embora eles tenham baixado o lençol e escrutinado os olhos inertes de Gatsby, os protestos dele seguiram em minha mente: "Escute aqui, meu velho, você precisa arranjar alguém para mim. Precisa se esforçar. Não consigo passar por isso sozinho".

Alguém começou a me fazer perguntas, mas logo me desvencilhei e fui até o andar de cima, onde vasculhei impetuosamente os compartimentos destrancados da escrivaninha dele — Gatsby jamais me dera certeza de que seus pais eram falecidos. Mas não havia nada — apenas a foto de Dan Cody, um símbolo de violência olvidada, fitando-me do alto da parede.

Na manhã seguinte, enviei o mordomo a Nova York com uma carta destinada a Wolfshiem, na qual pedia informações e o compelia a pegar o primeiro trem. Tal pedido me pareceu supérfluo quando o escrevi. Tinha certeza de que ele levaria um susto ao ler os jornais, assim como tinha certeza de que receberia um telegrama de Daisy antes do almoço — mas não chegou nenhum telegrama e tampouco veio o sr. Wolfshiem; não chegou ninguém além de novos policiais, fotógrafos e jornalistas. Quando o mordomo trouxe a resposta de Wolfshiem, comecei a nutrir um sentimento de rebeldia, de solidariedade desdenhosa entre Gatsby e eu contra todos eles.

Prezado sr. Carraway,
Este foi um dos mais terríveis choques de minha vida, mal consigo acreditar que isso é mesmo verdade. Um ato de tamanha loucura como o desse homem faz todos nós refletirmos. Não posso comparecer agora porque estou enrolado resolvendo alguns negócios muito importantes e não tenho como me envolver com essa questão agora. Se houver algo que eu possa fazer daqui a um tempinho, me informe em uma carta por meio de Edgar. Mal sei dizer como me sinto ao escutar uma coisa dessas e estou completamente arrasado e abalado.
Atenciosamente

MEYER WOLFSHIEM

E o adendo escrito às pressas logo abaixo:

Informe-me sobre o funeral etc., pois não conheço ninguém da família dele.

Quando o telefone tocou naquela tarde, e a operadora de longa distância disse que era uma ligação de Chicago, pensei que finalmente seria Daisy. Mas do outro lado da linha havia a voz de um homem, muito mirrada e distante.
— Aqui quem fala é Slagle...
— Sim?
O nome não me era familiar.
— Terrível notícia, não é? Recebeu meu telegrama?
— Não chegou nenhum telegrama.
— O jovem Parke está em apuros — ele disse depressa. — Foi pego enquanto entregava os títulos no guichê. Receberam uma circular de Nova York com todos os números cinco minutos antes. Ouviu algo a respeito disso, hein? Nunca dá para saber o que vai rolar nessas cidades de caipiras...
— Alô! — interrompi ofegante. — Me escute... aqui quem fala não é o sr. Gatsby. O sr. Gatsby morreu.

Houve um longo silêncio do outro lado da linha, seguido de uma exclamação... e então um súbito chiado quando a conexão foi interrompida.

Acho que já estávamos no terceiro dia quando chegou um telegrama assinado por Henry C. Gatz enviado de uma cidade em Minnesota. Dizia apenas que o remetente partiria de imediato e solicitava que o funeral fosse postergado até sua chegada.

Era o pai de Gatsby, um velho solene, muito indefeso e desamparado, metido em um sobretudo barato e comprido naquele dia quente de setembro. Lágrimas vertiam sem parar de seus olhos emocionados, e quando peguei de suas mãos a mala e o guarda-chuva ele começou a alisar a barba rala e grisalha com tanta veemência que tive dificuldade para retirar seu casaco. Estava à beira de um colapso, então o levei até a sala de música e pedi que se sentasse enquanto lhe providenciava algo para comer. Mas ele não comeu, e suas mãos trêmulas derramaram o leite do copo.

— Vi a notícia no jornal de Chicago — falou. — Estava tudo no jornal de Chicago. Vim no mesmo instante.

— Não sabia como contatar o senhor.

Seus olhos, sem verem nada, se moviam inquietos por todo o cômodo.

— Foi um homem louco — disse o velho. — Só podia ser louco.

— O senhor aceita um café? — sugeri.

— Não quero nada. Já estou melhor, senhor...

— Carraway.

— Bom, agora estou melhor. Para onde levaram Jimmy?

Acompanhei-o até a sala de estar, onde jazia o corpo de seu filho, e deixei-o ali. Alguns garotinhos haviam subido os degraus de acesso e espiavam dentro da casa; quando disse a eles quem havia chegado, foram embora relutantes.

Passado algum tempo, o sr. Gatz abriu a porta e saiu, a boca entreaberta, o rosto um pouco enrubescido, os olhos derramando lágrimas isoladas e dispersas. Atingira uma idade em que a morte já não tem o aspecto de uma surpresa mórbida. Ao olhar ao redor pela primeira vez e observar a dimensão e o esplendor da sala e dos grandes cômodos que se abriam a partir dela, levando a outros cômodos, seu pesar começou a se mesclar com uma espécie de admiração orgulhosa. Auxiliei-o a se instalar em um quarto no andar de cima; após ele se despir do casaco e do colete, expliquei que todas as providências haviam sido postergadas até sua chegada.

— Não sabia o que o senhor desejava, sr. Gatsby...

— Meu nome é Gatz.

— ... sr. Gatz. Achei que talvez o senhor quisesse fazer o traslado do corpo para o Oeste.

Ele balançou a cabeça em negação.

— Jimmy sempre gostou mais do Leste. Foi aqui que conquistou seu status. Você era amigo do meu filho, sr. ...?

— Éramos amigos próximos.

— Tinha um grande futuro pela frente, sabe. Ainda era um homem jovem, mas tinha um cérebro e tanto.

O velho indicou a própria cabeça admirado, e assenti.

— Se tivesse vivido mais tempo, teria se tornado um grande homem. Um homem como James J. Hill. Teria ajudado a construir o país.

— É verdade — respondi desconfortável.

Ele remexeu a colcha bordada, tentando tirá-la da cama, e se deitou rígido — adormeceu no mesmo instante.

Naquela noite, alguém visivelmente apavorado telefonou para a casa e exigiu que eu me apresentasse antes de dizer seu nome.

— É o sr. Carraway — informei.

— Ah... — pareceu aliviado. — Aqui quem fala é Klipspringer.

Também fiquei aliviado perante o que parecia ser a promessa de outro amigo junto ao túmulo de Gatsby. Não queria que o funeral aparecesse nos jornais e atraísse uma multidão de curiosos, e por isso telefonei pessoalmente para algumas pessoas. Todas eram difíceis de localizar.

— O velório é amanhã — informei. — Às três, aqui na casa. Agradeceria se você avisasse todos que possam se interessar.

— Ah, farei isso — ele retrucou apressado. — Dificilmente encontrarei alguém, mas se for o caso.

Seu tom me deixou desconfiado.

— Você virá, claro.

— Bem, tentarei, sem dúvidas. Estou telefonando porque...

— Só um momento — interrompi. — Poderia me confirmar a sua presença?

— Bem, o fato é... a verdade é que estou na casa de algumas pessoas aqui em Greenwich e elas contam com a minha companhia amanhã. Farão uma espécie de piquenique ou algo do gênero. Mas claro que farei o possível para escapar.

Soltei um "Hum!" incontido, e Klipspringer deve ter me escutado, pois assumiu um tom nervoso:

— Estou telefonando por causa de um par de sapatos que deixei aí. Pergunto-me se seria incômodo pedir que o mordomo trouxesse para mim. Não fico bem sem os meus tênis, sabe. Envie aos cuidados de B. F...

Não escutei o resto do nome porque desliguei o telefone.

Depois disso senti certa vergonha por Gatsby — um cavalheiro a quem telefonei insinuou que ele tivera o fim que merecia. No entanto, a culpa foi minha, pois esse mesmo sujeito era responsável por alguns dos comentários mais maldosos contra Gatsby quando se encontrava sob o efeito encorajador das bebidas de Gatsby, e eu deveria ter pensado duas vezes antes de lhe telefonar.

Na manhã do funeral fui a Nova York me encontrar com Meyer Wolfshiem; parecia impossível contatá-lo de qualquer outra maneira. Por indicação de um ascensorista, abri a porta onde se lia "Suástica Sociedade Anônima", e de início achei que não havia ninguém ali. Mas depois que gritei "oi" diversas vezes em vão, uma discussão irrompeu detrás de um compartimento, e logo em seguida uma judia muito agradável surgiu em uma das portas internas e me examinou com seus olhos pretos e hostis.

— Não tem ninguém aqui — ela disse. — O sr. Wolfshiem está em Chicago.

A primeira parte era obviamente mentira, pois lá dentro alguém havia começado a assoviar a canção "The Rosary", fora do tom.

— Por favor, diga que o sr. Carraway deseja vê-lo.

— Não posso trazê-lo de Chicago, posso?

Neste momento uma voz que era sem dúvidas a de Wolfshiem gritou "Stella!" do outro lado da porta.

— Deixe seu nome na escrivaninha — pediu ela, apressada. — Repassarei quando ele voltar.

— Mas eu sei que ele está aí dentro.

Stella deu um passo em minha direção e começou a esfregar as mãos ao longo dos quadris, indignada.

— Vocês, rapazes, se acham no direito de entrar aqui à força quando bem entendem — ralhou. — *Nãoguentamomais* isso. Se estou dizendo que ele está em Chicago, é porque está em *Chicago*.

Mencionei Gatsby.

— A-ah! — Ela me analisou outra vez. — Você poderia... qual é o seu nome?

E desapareceu. Um instante depois Meyer Wolfshiem surgiu solene na porta com as duas mãos estendidas. Conduziu-me até o seu escritório, comentando em um tom reverente que eram tempos de tristeza para todos nós, e me ofereceu um charuto.

— Me lembro de quando o conheci — contou. — Um jovem major recém-saído do exército, coberto das medalhas que ganhou na guerra. Estava tão duro que precisava vestir o uniforme o tempo todo porque não tinha dinheiro para comprar roupas casuais. A primeira vez que o vi foi quando apareceu no bilhar de Winebrenner na rua 43 atrás de emprego. Estava havia alguns dias sem comer. "Venha almoçar comigo", eu disse. Ele comeu mais de quatro dólares de comida em meia hora.

— Foi você quem apresentou Gatsby aos negócios? — indaguei.

— Mais do que isso! Eu o criei do zero.

— Ah.

— Criei-o a partir do nada, direto da sarjeta. Percebi imediatamente que era um jovem cavalheiro, bem-apessoado, e quando me disse que estudou em Oggsford eu soube na hora que poderia fazer bom uso dele. Fiz com que ingressasse na Legião Americana, e lá construiu sua reputação. Já de saída ele prestou serviços a um cliente meu de Albany. Éramos assim em tudo o que fazíamos — Wolfshiem esfregou dois dedos gorduchos —, sempre juntos.

Fiquei pensando se aquela parceria incluíra as transações na Liga de Beisebol de 1919.

— Agora está morto — falei após uns instantes. — Você era o amigo mais próximo, então sei que comparecerá ao funeral hoje à tarde.

— Eu bem que gostaria.

— Ótimo, então venha.

Os pelos de suas narinas estremeceram de leve, e, quando ele sacodiu a cabeça, seus olhos se encheram de lágrimas.

— Não posso... não posso me envolver nisso — justificou-se.

— Não há nada em que se envolver. Agora está tudo acabado.

— Não gosto nunca de estar envolvido, de nenhuma maneira, quando um homem é assassinado. Mantenho distância. Quando era jovem era diferente; se um amigo morria, não importava como, eu ficava com ele até o fim. Talvez pareça sentimentalismo, mas estou falando sério, até o último amargo instante.

Percebi que, por alguma razão pessoal, ele estava determinado a não ir, e por isso me levantei.

— Você cursou alguma faculdade? — Wolfshiem perguntou do nada.

Por um momento achei que ele fosse sugerir um *gontato*, mas apenas assentiu e apertou minha mão.

— Precisamos aprender a demonstrar nossa amizade por um homem quando ele ainda está vivo, e não após sua morte — observou. — Depois disso, minha regra pessoal é deixar tudo quieto.

O céu estava escuro quando deixei seu escritório e voltei ao West Egg debaixo de chuva. Após trocar de roupa fui até a casa ao lado e encontrei o sr. Gatz caminhando de um lado para o outro na sala, bastante empolgado. O orgulho que sentia do filho e das posses do filho continuava a crescer, e agora ele tinha alguma coisa a me mostrar.

— Jimmy me mandou esta foto. — O velho tirou a carteira do bolso com os dedos trêmulos. — Veja só.

Era uma fotografia da casa, amassada nas bordas e suja de muitas marcas de dedo. Ele apontou cada detalhe para mim com avidez. "Veja só!", e então buscava admiração em meus olhos. Mostrara aquela foto a tanta gente que aos seus olhos ela já lhe parecia mais real que a casa em si.

— Jimmy mandou para mim. Acho essa foto muito bonita. Ela mostra bem.

— Muito bem. Vocês se encontraram recentemente?

— Ele foi me visitar dois anos atrás e comprou para mim a casa onde vivo. Claro que ficamos arrasados quando Jimmy fugiu de casa, mas agora vejo que tinha bons motivos. Sabia que tinha um grande futuro pela frente. E depois que alcançou o sucesso foi muito generoso comigo.

O velho parecia relutante em guardar a foto, e segurou-a mais um pouco, demoradamente, em frente aos meus olhos. Então pôs a carteira de volta no bolso e tirou dali um exemplar surrado de um livro chamado *Hopalong Cassidy*.

— Veja, ele sempre andava com este livro quando garoto. Isso explica tudo.

Ele abriu o exemplar pela contracapa e virou para que eu pudesse ver. Na última folha de guarda estava impresso AGENDA ao lado da data 12 de setembro de 1906. E na sequência:

SAIR DA CAMA 6:00
LEVANTAR PESO E FLEXÕES .... 6:15 – 6:30
ESTUDAR ELETRICIDADE ETC. .... 7:15 – 8:15
TRABALHAR .... 8:30 – 16:30
BEISEBOL E ESPORTES .... 16:30 – 17:00
PRATICAR ORATÓRIA, POSTURA E
COMO CHEGAR LÁ .... 17:00 – 18:00
ESTUDAR INVENÇÕES NECESSÁRIAS ... 19:00 – 21:00

RESOLUÇÕES GERAIS
– Não desperdiçar tempo no Shafters ou [um nome indecifrável]
– Parar de fumar e mascar chicletes
– Tomar banho dia sim, dia não
– Ler um livro ou revista de aprimoramento por semana
– Economizar $~~5,00~~ $3,00 por semana
– Ser melhor com meus pais

— Topei com este livro por acidente — disse-me o velho homem. — Explica tudo, não é?

— Explica tudo.

— Jimmy estava destinado a chegar longe. Sempre tinha resoluções dessas ou de algum outro tipo. Reparou o que escreveu sobre aprimorar a mente? Ele sempre foi ótimo nisso. Uma vez disse que eu comia feito um porco e eu dei uma surra nele por isso.

Relutava em fechar o livro, lendo cada item em voz alta e olhando para mim com expectativa. Pareceu-me esperar que eu copiasse a lista para uso próprio.

Pouco antes das três o ministro luterano chegou de Flushing e sem querer comecei a olhar pela janela à espera de outros carros. O pai de Gatsby também. E conforme o tempo foi passando, os criados se aproximaram para esperar conosco na sala, seus olhos começaram a piscar ansiosamente, e o velho mencionou a chuva com incerteza e preocupação. O pastor olhou diversas vezes para o relógio, e por isso chamei-o de lado e pedi que esperasse mais meia hora. Mas de nada adiantou. Ninguém apareceu.

Por volta das cinco a nossa procissão de três carros chegou ao cemitério e parou ao lado do portão debaixo de chuva forte — primeiro o carro fúnebre, terrivelmente preto e molhado; em seguida o sr. Gatz, o pastor e eu na limusine, e, um pouco atrás, quatro ou cinco empregados e o carteiro do West Egg na caminhonete de Gatsby, todos molhados da cabeça aos pés. Quando passamos pelo portão e adentramos o cemitério, escutei um carro parar e, logo em seguida, o som de alguém chapinhar no piso encharcado em nosso encalço. Olhei para trás. Era o homem de óculos olhos-de-coruja que eu flagrara maravilhado com os livros da biblioteca de Gatsby numa noite três meses antes.

Nunca mais o vira desde então. Não sei como ficou sabendo do funeral, tampouco onde seria. A chuva escorria por seus óculos espessos, e ele os tirou para esfregar as lentes e poder observar enquanto desenrolavam a lona de proteção sobre a cova de Gatsby.

Tentei voltar meus pensamentos para Gatsby por alguns instantes, mas ele já estava muito longe dali, e só consegui lembrar, sem ressentimento, que Daisy não havia mandado uma mensagem ou coroa de flores. Escutei alguém murmurar baixinho "Abençoados são os mortos sobre os quais a chuva cai", ao que o homem de olhos-de-coruja disse "Amém" com voz firme.

Dispersamo-nos rapidamente em direção aos carros, fugindo da chuva.

Olhos-de-coruja falou comigo junto ao portão.

— Não consegui ir até a casa — observou.

— Nem você nem ninguém.

— Não acredito! — bradou. — Ora, por Deus! Costumavam aparecer lá às centenas.

Ele tirou os óculos e esfregou as lentes outra vez, por dentro e por fora.

— Coitado desse filho da puta — disse.

Uma de minhas lembranças mais nítidas é voltar para o Oeste durante o ensino médio, e mais tarde durante a faculdade, para as festividades de Natal. Os estudantes que deixariam Chicago durante o feriado se reuniam às seis horas de uma tarde de dezembro na velha e mal iluminada Union Station com alguns amigos da mesma cidade, já imersos no clima festivo, para uma breve despedida. Lembro-me dos casacos de pele das garotas que voltavam de instituições Sra. Fulana ou Sra. Sicrana, das fofocas proferidas em meio à condensação de nosso hálito, das mãos acenando acima das cabeças enquanto vislumbrávamos velhos conhecidos e sincronizávamos nossos convites: "Você vai à festa dos Ordway? dos Hersey? dos Schultz?", e das passagens de trem verdes e compridas que segurávamos firmemente entre os dedos das luvas. E por fim, dos vagões amarelo-escuros da Chicago Milwaukee e da St. Paul Railroad que pareciam tão alegres quanto o Natal em si ao percorrerem os trilhos além dos portões.

Tão logo adentrávamos a noite invernal e a neve de verdade, a nossa neve, começava a cintilar lá fora e tamborilar contra o vidro da janela, e as luzes tênues das pequenas estações de Wisconsin começavam a passar ao nosso lado, um aspecto nitidamente selvagem de repente tomava conta do ar. Respirávamos fundo esse ar enquanto voltávamos do vagão-restaurante e passávamos pelos vestíbulos gélidos, totalmente cientes, por uma estranha hora, de nossa identificação com aquela região, antes de nos mesclarmos a ela outra vez.

Esse é o meu Meio-Oeste — não o trigo, as pradarias ou os vilarejos suecos perdidos, mas os retornos de trem emocionantes de minha juventude e os postes das ruas; os sinos dos trenós na gélida escuridão e as sombras das guirlandas de Natal que as janelas iluminadas projetavam sobre a neve. Sou parte daquilo, fico um pouco solene com a sensação dos longos invernos, um pouco complacente por ter sido criado na casa dos Carraway em uma cidade onde as residências ainda são chamadas através das décadas pelo nome da família que ali habita. Agora percebo que esta foi uma história sobre o Oeste, no fim das contas — Tom e Gatsby, Daisy e Jordan, assim como eu, vinham todos do Oeste, e talvez compartilhássemos alguma deficiência que nos tornava sutilmente inadaptáveis à vida no Leste.

Mesmo quando o Leste mais me entusiasmou, mesmo quando estive mais plenamente ciente de sua superioridade em relação às cidadezinhas inchadas, dispersas e tediosas da margem oposta do rio Ohio, com suas intermináveis inquisições que poupavam apenas as crianças e os muito idosos — mesmo então ele sempre teve para mim um caráter distorcido. O West Egg, sobretudo, ainda surge em meus sonhos mais fantásticos. Vejo-o como uma cena noturna de El Greco: uma centena de casas a um só tempo grotescas e convencionais, encolhidas sob um céu soturno e ameaçador e uma lua inexpressiva. Ao fundo, quatro homens solenes caminham de terno pela calçada carregando uma maca onde está deitada uma mulher embriagada com vestido de festa branco. Em sua mão fria, caída para um dos lados, reluzem as joias. Os homens entram solenemente em uma casa — a casa errada. Mas ninguém sabe o nome da mulher, e ninguém se importa.

Após a morte de Gatsby, o Leste se tornou para mim um lugar assombrado, distorcido para além da capacidade de correção dos meus olhos. Por isso, quando a névoa azulada das folhas quebradiças se espalhou pelo ar e o vento açoitou as roupas penduradas no varal, decidi voltar para casa.

Tinha uma última coisa a fazer antes de partir, uma coisa desagradável e constrangedora que talvez fosse melhor deixar para lá. Mas preferia deixar as coisas em ordem a simplesmente confiar que o mar indiferente e obsequioso levaria minhas objeções. Encontrei-me com Jordan Baker e falei em detalhes sobre tudo o que havia acontecido entre nós e o que acontecera comigo depois disso, e ela me escutou, impassível, sentada em uma grande cadeira.

Estava vestida para jogar golfe, e me lembro de pensar que parecia uma ilustração fidedigna, o queixo um pouco erguido, confiante, o cabelo da cor das folhas outonais, seu rosto do mesmo tom castanho das luvas sem dedos sobre o joelho. Após eu terminar, ela me disse sem mais comentários que estava noiva de outro homem. Eu duvidava disso, embora de fato muitos homens estivessem dispostos a se casar com Jordan a um mero sinal, mas fingi surpresa. Por um breve instante, perguntei-me se não estava cometendo um equívoco, mas reavaliei depressa a situação e me levantei para as despedidas.

— De qualquer modo, foi você quem me dispensou — ela comentou de repente. — Dispensou-me pelo telefone. Agora já não dou a mínima para você, mas foi uma experiência nova que me deixou um pouco confusa por um tempo.

Trocamos apertos de mãos.

— Ah, e lembra de uma conversa que tivemos uma vez sobre dirigir carros? —Jordan acrescentou.

— Bem... para ser sincero, não.

— Quando você disse que uma má motorista só estava segura até deparar com outro mau motorista? Bem, encontrei outro mau motorista, não é? Quer dizer, foi descuido meu fazer uma aposta tão ruim. Achei que você fosse um sujeito honesto e justo. Achei que fosse seu orgulho secreto.

— Tenho trinta anos — eu disse. — Cinco a mais do que precisaria para achar que ser honrado significa mentir para mim mesmo.

Jordan não respondeu. Irritado e um pouco apaixonado por ela, com imenso arrependimento, dei-lhe as costas e fui embora.

Encontrei Tom Buchanan em uma tarde no final de outubro. Ele caminhava à minha frente pela Quinta Avenida com seu estilo alerta e agressivo, as mãos um pouco descoladas do corpo como se estivesse pronto a reagir a interferências externas, e mexia a cabeça abruptamente de vez em quando para ajustá-la ao seu olhar inquieto. Assim que reduzi a velocidade para evitar passar por ele, Tom parou e franziu o cenho para as vitrines de uma joalheria. De repente me viu e veio até mim, oferecendo a mão.

— O que houve, Nick? Alguma ressalva em apertar minha mão?

— Sim. Você sabe a opinião que tenho de você.

— Você é louco, Nick — falou depressa. — Louco de verdade. Não sei qual é o seu problema.

— Tom — indaguei —, o que você disse a Wilson naquela tarde?

Fitou-me sem dizer palavra, e eu soube que minhas suspeitas acerca daquelas horas faltantes estavam certas. Comecei a me virar para ir embora, mas ele avançou um passo e segurou o meu braço.

— Eu lhe disse a verdade — respondeu. — Ele foi bater em nossa porta quando nos preparávamos para partir, e tentou subir a escada à força depois que pedi para avisarem que não estávamos em casa. Estava tão ensandecido que teria me matado se eu não revelasse o proprietário do carro. Durante todo o tempo que passou na minha casa, sua mão segurava um revólver dentro do bolso... — Tom parou de falar, desafiador. — E daí se eu contei? Aquele sujeito bem que mereceu. Cegou você da mesma maneira que Daisy, mas era um cara duro na queda. Passou por cima de Myrtle como se ela fosse um cachorro e nem sequer parou o carro.

A única resposta àquilo era improferível: nada do que ele dissera era verdade.

— E se você acha que eu mesmo não sofri... veja só, quando fui entregar as chaves daquele apartamento e vi a maldita caixa de biscoitos caninos no aparador, me sentei no chão e chorei feito um bebê. Foi uma coisa horrível, juro por Deus...

Eu era incapaz de perdoá-lo ou mesmo de gostar dele, mas percebi que, ao seu ver, todos seus atos eram justificáveis. Tudo era confuso e despreocupado. Tom e Daisy eram pessoas despreocupadas — esmagavam coisas e seres e então se refugiavam em seu dinheiro, em sua vasta despreocupação ou em seja lá o que fosse que mantinha os dois juntos, deixando para outras pessoas a tarefa de arrumar a bagunça que haviam feito...

Apertei a mão dele; pareceu-me tolice não o fazer, pois de repente tive a sensação de conversar com uma criança. Então Tom entrou na joalheria para comprar um colar de pérolas — ou quem sabe um mero par de abotoaduras —, livrando-se para sempre de meu sentimentalismo provinciano.

A casa de Gatsby ainda estava vazia quando parti — a grama de seu quintal estava tão alta quanto a minha. Um dos taxistas da região jamais passava diante do portão de entrada sem parar por um instante e apontar para dentro da casa; talvez houvesse sido ele a levar Daisy e Gatsby ao East Egg na noite do acidente, e talvez tivesse criado sua própria versão do ocorrido. Eu não queria escutá-lo e sempre o evitava ao sair do trem.

    Passava minhas noites de sábado em Nova York, porque as festas deslumbrantes e ofuscantes de Gatsby seguiam tão vívidas em minha mente que eu ainda era capaz de ouvir a música, as incessantes risadas longínquas que chegavam de seu jardim, o motor dos carros que chegavam e partiam de sua casa. Certa noite escutei de fato um carro parar ali em frente, e vi os faróis se deterem na entrada. Mas não saí para investigar. Provavelmente era um último convidado que passara um tempo longe nos confins da terra e não sabia que a festa havia acabado.

    Na última noite, de malas prontas e carro vendido ao dono da mercearia, fui até lá e olhei mais uma vez para o imenso fracasso incoerente que fora sua casa. Nos degraus brancos, uma palavra obscena rabiscada por algum moleque com um pedaço de tijolo destacava-se nitidamente à luz da lua, e eu a apaguei, esfregando meu sapato na pedra áspera. Daí segui até a praia e me esparramei na areia.

    Àquela hora a maioria dos estabelecimentos ao longo da orla já estava fechado, e quase não havia luz a não ser o brilho obscuro e movediço de uma barca atravessando o estreito. E conforme a lua se erguia ainda mais no céu e as casas espectrais se dissolviam eu pude ver pouco a pouco a velha ilha que um dia se revelara aos olhos de navegantes holandeses — um seio tenro e verdejante do novo mundo. Suas árvores abatidas, as árvores que deram espaço à casa de Gatsby, outrora haviam alimentado aos sussurros o derradeiro e mais ambicioso sonho da humanidade; por um mágico instante fugidio o homem deve ter perdido o fôlego na presença deste continente, impelido a uma contemplação estética que não entendia e tampouco desejava, face a face pela última vez na história com algo à altura de sua capacidade de fascínio.

    E, ponderando ali, sentado sobre este mundo velho e desconhecido, pensei no deslumbre que Gatsby sentira ao divisar pela primeira vez a luz verde na ponta da doca de Daisy. Ele havia percorrido um longo caminho até esse gramado azulado, e seu sonho devia parecer tão próximo que dificilmente não conseguiria alcançá-lo. Não sabia que o sonho já estava fora do seu alcance, perdido em algum lugar na vasta penumbra para além da cidade, onde os campos escuros da república se estendiam noite adentro.

    Gatsby acreditara na luz verde, no futuro orgástico que ano após ano recua à nossa frente. O tempo já nos iludiu antes, mas não importa: amanhã correremos mais rápido, esticaremos os braços um pouquinho mais... Até que uma bela manhã...

    E assim seguimos, barcos contra a corrente, arrastados rumo ao passado incessantemente.

EDIÇÃO COMEMORATIVA DOS 100 ANOS DA 1ª EDIÇÃO.

Dados Internacionais de Catalogação na Publicação (CIP)
(Câmara Brasileira do Livro, SP, Brasil)

Fitzgerald, F. Scott [1896–1940]
O grande Gatsby / F. Scott Fitzgerald
Título original: *The Great Gatsby*
Tradução: Bruno Cobalchini Mattos
São Paulo: Buzz Editora, 2023
240 pp.

ISBN 978-65-5393-190-9

1. Ficção norte-americana.
I. Mattos, Bruno Cobalchini. II. Título.

23-145841   CDD 813

Índices para catálogo sistemático:
Ficção: Literatura norte-americana 813

Aline Graziele Benitez, bibliotecária, CRB-1/3129

© Buzz Editora, 2023.
Título original: *The Great Gatsby*

PUBLISHER Anderson Cavalcante
EDITORA Tamires Von Atzingen
ASSISTENTES EDITORIAIS João Lucas Z. Kosce,
 Letícia Saracini, Pedro Aranha
PREPARAÇÃO Eloah Pina
REVISÃO Bárbara Waida, Larissa Wostog
PROJETO GRÁFICO Bloco Gráfico
ASSISTENTE DE DESIGN Nathalia Navarro
ILUSTRAÇÕES Nathalia Navarro
PRODUÇÃO GRÁFICA Lilia Góes

Nesta edição, respeitou-se o novo Acordo Ortográfico da Língua Portuguesa.

Todos os direitos desta edição reservados à:
Buzz Editora Ltda.
Av. Paulista, 726, mezanino
CEP 01310-100, São Paulo, SP
[55 11] 4171 2317
www.buzzeditora.com.br

FONTES Tiempos e Voir
PAPEL Pólen Bold 70 g/m²
IMPRESSÃO Geográfica